우는 말
웃는 말

우는 말
웃는 말

펴 낸 날 2022년 5월 19일 초판 1쇄

지 은 이 김경진, 김희경, 리 아, 오연지, 이루미, 이미영, 이윤정, 이해진, 최주원, 하지원
펴 낸 이 박지민
기 획 이윤정, 이루미
책임편집 김정웅
책임미술 롬디
그 림 웨스트윤
마 케 팅 박종천, 박지환

펴 낸 곳 모모북스
서울특별시 동대문구 왕산로81, 203-1호(두산베어스 타워)
전화 010-5297-8303 팩스 02-6013-8303
등록번호 2019년 03월 21일 제2019-000010호
e-mail pj1419@naver.com

ISBN 979-11-90408-24-0 03810

우는 말 웃는 말

김경진
김희경
리 아
오연지
이루미
이미영
이윤정
이해진
최주원
하지원
지 음

이윤정
이루미
기 획

모모북스

오늘 당신은 어떤 말을 만나며 살아왔는가?

- 김희경

당신은 삶에서 '이 친구랑 정말 잘 통한다.'라고 느껴본 적이 있는가?

그런 적이 있다면, 무엇 때문에 잘 통했다고 느꼈는가?

표정일 수도, 맞장구일 수도, 들어주는 태도 때문일 수도, 끄덕임일 수도, 친밀감일 수도 있다.

혼자 살 수 없기에, 우리는 누군가와 끊임없이 말을 주고받는다. 예전에는 참으라고 이야기했다면, 요즘은 건강하게 자신을 표현하라고 이야기한다. 건강하게 표현한다는 것은 무엇일까? 비폭력대화에서는 상대와 이야기할 때, 자신 안의 원하는 것을 알고, 지금 느낌을 표현하고, 원하는 것을 상대에게 말하라고 한다. 당신은 자신이 원하는 것을 알고 이야기하고 있는가?

'내가 이 이야기를 왜 시작했더라?' 하면서 이야기를 시작했던 자리를 다시 찾을 때가 있다.

이 책은 내가 어떤 말을 들었을 때 내 마음이 행복했는지, 아팠는지 구체적으로 말해준다. 비폭력대화에서 말하는 '나는 어떤 말을 듣기 원하는가?'를 좀 더 상세하게 들여다본 책이다. 내가 원하는 것을 알기 위해서는 내 마음이 무엇을 원하는지 알아야 한다. 그런 의미에서 이 책은 당신에게 이렇게 말을 걸 것이다.

'넌 어떤 말을 들으면 행복해?'
'넌 어떤 말을 들으면 슬퍼?'

이 질문에 독자 스스로 답해 보면서, 자신이 원하는 것을 찾아가는 시간이 되기를 바란다. 이 책을 쓰는 동안 10명의 작가들도 자신이 어떤 말을 듣기 원하고, 어떤 욕구를 원하는지 알게 되었다고 했다. 인간관계에서 소통은 때때로 갈등을 발생시킨다. 이야기 나누는 사람들의 마음이 서로 같지 않기 때문에 일어나는 자연스러운 일이다. 그런 상황에서도 내가 원하는 것을 상대방에게 상처 주지 않으면서 건강하게 이야기할 수 있도록, 이 책을 읽는 동안만이라도 자신의 마음과 상대의 마음을 들여다보는 시간을 가졌으면 한다.

'나는 이 말을 들으면 어떤 마음일까?'
'나는 상대에게 어떤 이야기를 듣고 싶을까?'
'상대는 어떤 말을 듣고 싶을까?'

스스로 질문하고 답해 보며 내가 상대에게 전달하려는 말이 상대에게 잘 전달되었는지 다시 한번 멈추어 생각해 보자. 이 책이 당신을 한 뼘 더 성장토록 하는 귀한 시간을 선물하길 바란다. 이 책을 접한 이들 모두가 잘 전달할 수 있고, 잘 들을 수 있는 소통의 달인이 될 날을 기대하며 이 글을 마무리한다.

우리 마음 안에 머물러 있던 여러 가지 느낌과 욕구의 말들을 세상 밖으로 나올 수 있도록 해 주신 우리 가족들과 모모북스 출판사 박종천 대표님, 김정웅 편집장님 그 외 출판사 가족들께 진심으로 감사의 말씀을 전하고 싶다.

모임에서 책으로: 비폭력 대화를 배우며

- 이루미 & 이윤정

"당신이 하는 다음 말이 당신의 세상을 바꾼다." 『비폭력대화』의 저자 마셜 B. 로젠버그는 말했다. 그의 저서로 20여 명의 회원들과 꾸준히 말 공부를 했다. 위의 문구는 그 책의 모든 것을 대표한다고 생각한다.

햇살 독서모임 안에서 이 한 권의 책으로 공부하며 관련 책을 내보자고 김경순 선생님이 제안하셨다. 그래서 우리가 기획 진행과 글쓰기 코칭을 맡아서 시작하게 되었다. 비폭력대화는 서로의 느낌과 욕구를 공감하면서 질적인 인간관계를 이루는 것이다. 방법은 어떠한 경우에도 상대방을 비난하거나 비판하지 않으면서 자기 마음을 솔직하게 표현하는 것이다. 그리고 서로가 어떤 식으로 표현하든 그 말 뒤에 있는 느낌과 그 사람이 진정으로 원하는 것을 자책과 질책 없이 듣게 해주는 대화 방법이다.

이 기획은 대화 속 말 한마디가 우리 마음에 주는 영향을 다루었을 뿐 아니라 말하는 상대에 대한 이해를 돕기 위해 만들어졌다. 말 한마디로 우리와 독자의 마음이 아프고 기쁘게 된다는 것을 알았다. 그리고 비폭력대화 공부를 통해 서로가 구체적인 느낌과 욕구를 표현하면 서로의 마음을 헤아리기 더 쉽다는 것을 알았다. 그렇게 서로의 마음이 소외되는 대화가 아닌 서로의 마음을 헤아리는 대화를 잘 알고 나누어 좋은 관계를 만들어가자는 취지에서 기획되었다.

큰 산은 작은 돌을 옮기는 데서부터 시작된다는 공자님의 말씀처럼 관계도 작은 한마디에서 시작되니 서로가 그 느낌에 솔직할수록 좋다. 그러나 좋은 것도 나쁜 것도 그 언어 자체보다는 어떻게 말했느냐에 따라 달라진다.

마셜 B. 로젠버그의 『비폭력대화』를 보며 관찰, 느낌, 욕구,

부탁의 순으로 진행되는 대화 단계를 배웠고 그것을 최대한 우리의 글에 담으려 노력했다. 관계 안에서 서로 나누는 대화는 언어의 선택뿐 아니라 표현하는 방식도 중요하다. 그런 방식으로 글을 쓰며 스스로 치유되는 것을 느꼈고 독자들에게도 그 마음이 전해지길 바라본다.

목차

김경진

첫눈, 첫사랑, 첫아이 그리고 첫 글쓰기.
처음은 늘 설렌다.
행복한 글쓰기 중인 초보 글쟁이 &
마음으로 소통하는 사회복지직공무원
블로그 https://blog.naver.com/0403kjkj

1

1

가정 안에서

-부모-

[마음이 우는 말]

"너는 왜 그 모양이니?"

어린 시절을 떠올리면 빨강 머리 앤이 생각난다. 그 시절 덜렁거리고, 잘 넘어지는 아이였다. 잘하는 것이라고는 하나 없는 실수투성이였다.

엄마는 내가 잘못을 할 때마다 어김없이 말씀하셨다.

"너는 왜 그 모양이니? 네 언니 반만이라도 닮아봐라."

"내가 뭐 어때서…. 사람이 실수도 할 수 있는 거지. 엄마는 나만 미워해!"

그래도 똑같은 자식인데 언니와 동생이 실수할 때보다 내가 실수를 할 때 유독 더 많이 혼내셨다. '자식한테 어떻게 그런 모진 말을 할 수 있을까?' 그때는 친엄마가 맞나 싶었다. 모진 말보다 더욱 상처가 된 것은 못마땅하다는 표정으로 날카롭게 쏘아보시는 엄마의 눈빛이었다. 그럴 때마다 조용히 방으로 들어가 소리 없이 울며 〈빨강 머리 앤〉 주제곡을 불렀다. 그렇게 스스로를 위로했다.

주근깨 빼빼 마른 빨강 머리 앤
예쁘지는 않지만 사랑스러워
상냥하고 귀여운 빨강 머리 앤
외롭고 슬프지만 굳세게 자라

한 아이의 엄마가 되고 나니 엄마의 마음이 이해되었다. 열 손가락 깨물어 안 아픈 손가락은 없다고 한다. 장애로 조금 더 아픈 손가락인 자식이 남들에게 손가락질 받지 않고 자라기 바라는 마음을 간절하게 표현하셨던 것이다.

지금도 본가에서 가끔 실수하는 모습에 엄마는 말씀하신다.

"또, 또, 또 너는 왜 아직도…."

엄마의 말씀이 끝나기도 전에 말을 가로채며 말한다.

"엄마, 엄마 마음 알아. 내가 좀 더 실수 안 하고 잘하도록 노력할게."

엄마는 흐뭇한 미소를 지으신다. 엄마의 미소를 계속 보고 싶다. 내가 더 잘해야겠다.

이제 빨강 머리 앤은 멋진 성인으로 성장했다. 나도 장애를 극복하고 바르게 성장하여 어려운 이웃을 도와주는 사회복지 직공무원이 되었다. 엄마의 눈에는 아직 부족한 부분이 많은 딸이라는 것을 알기에 엄마의 걱정을 내려놓아 드리고 싶다.

[마음이 웃는 말]

"경진아, 너밖에 없어!"

어린 시절 친척들이 돈을 주시면 항상 저금통에 저금했다. 엄마는 급하게 현금이 필요하시면 우리 남매한테 돈을 빌리곤 하셨는데 항상 용돈이 남아 있는 사람은 나뿐이었다. 엄마는 그럴 때마다 기쁜 얼굴로 나를 향해 말씀하셨다.

"경진아, 너밖에 없어!"

"그치? 엄마, 나밖에 없지?"

엄마의 그 말이 너무 듣기 좋아 돈이 생기면 항상 저금하는 습관이 생겼다. 일부러 칭찬이 듣고 싶어 엄마께 먼저 여쭤 본 적도 있다.

"엄마 돈 필요하지 않아?"

"돈 필요한지 어떻게 알았을까?"

그럴 때마다 엄마는 웃는 얼굴로 말씀하셨다. 어린 마음에 엄마에게 도움이 되는 존재라는 것을 느끼며 참 자랑스러웠다.

저축하는 습관 덕분에 결혼을 해서도 내 집 마련이라는 첫 번째 목표와, 신혼 초 아이가 초등학교 가기 전 넓은 평수로 이사하기로 했던 두 번째 목표를 이룰 수 있었다. 지금에 와서 생각해 보니 엄마는 경제 관념을 심어주고 자존감을 높여주기 위해 일부러 딸의 저축을 유도하셨던 게 아닌가 하는 생각이 든다. 엄마의 깊은 마음에 감사함이 밀려온다.

2

가정 안에서

-부부-

[마음이 우는 말]

"너는 왜 매일 짜증을 부리니?"

퇴근길, 차들이 가다가 멈추기를 반복하며 거북이걸음을 하다 뒤차가 내 차를 들이받는 사고가 났다. 다치지는 않았지만 차가 망가졌다. 홀로 어린이집에 남아 있을 아이 생각에 연락처만 주고받고 서둘러 어린이집으로 향했다. 정신없는 하루를 보내고 밤이 되자 온몸이 아파져 집 근처 병원으로 갔다. 아무런 준비 없이 입원을 하게 되었다.

남편은 기왕 입원한 것 푹 쉬라고 위로했지만 몸도 아프고, 아이도 걱정되어 조금 짜증을 냈다.

"지금 할 일이 얼마나 많은 줄 알아? 내일 당장 민성이는 어떻게 해!"

평소에는 투정을 잘 받아주는 다정한 남편이기에 이번에도 당연히 받아줄 것이라 생각했다. 하지만 남편은 평소와 다르게 화를 내며 언성을 높였다.

"너는 왜 이렇게 매일 짜증을 부리니?"

"내가 언제 매일 짜증을 부렸다고 그래?"

"…."

남편은 아무 말도 하지 않았다.

병실에는 적막만이 흐르고 있었다. 잠시 후 남편은 편히 쉬라는 말을 남기고 병실 밖으로 나갔다. 내 마음을 몰라주는 남편의 뒷모습을 보며 야속함만 가득한 밤이었다.

돌이켜보면 남편은 회사 일로 바쁜 와중에 나의 부재로 인한 살림과 육아, 내 간호까지 싫은 내색 없이 하고 있었다. 1인 4역을 묵묵히 해내고 있었다. 그때 남편이 한 말은 나보다 더 힘든 상황에서 표현할 수 있는 최대한의 배려였다는 것을 이제야 알게 되었다. 본인의 힘듦보다 아내를 먼저 생각하는 속 깊은 남편이다. 내 마음을 알아주기를 바라기 전에 남편의 마음을 잘 헤아리는 어진 아내가 되고 싶다.

[마음이 웃는 말]

"난 널 위해 태어난 사람이야."

연애 5년, 결혼 10년째. 장애가 있는 며느리는 눈에 흙이 들어가도 절대 안 된다는 시부모님의 결혼 반대로 연애 기간이 길어졌다.

"내가 뭐 어때서? 반대하는 결혼 안 해 버리면 그만이야. 결혼이 이렇게 어려운 건가? 다들 때 되면 하는 결혼, 나만 왜 이리 힘든 거야! 장애가 있다는 것은 내 탓도 아니고 그 누구의 탓도 아닌데…. 질병이나 사고로 누구나 장애인이 될 수 있잖아."

시부모님 앞에서 하고 싶은 말들을 남편 앞에서 울면서 토해냈다. 남편은 따뜻한 눈빛으로 나를 바라보며 말했다.

"난 널 위해 태어난 사람이야. 내가 널 지켜 줄게."

태어나 처음 듣는 따뜻한 말에 감동받고, 진심이 느껴져 눈물이 멈추지 않았다. 남편의 따뜻한 말 한마디는 어떤 말로도 위로가 되지 않았던 우울한 기분을 나아지게 만들었다. 그의 존재는 아프고 힘들었던 지난날들에 대한 보상으로 하늘이 주신 큰 선물 같았다.

이 세상에 날 위해 태어났다고 말해주는 남자가 어디 있을까? 내게 살며시 다가와 진실한 사랑을 알려준 이 남자와 함께 하는 매일이 행복이고 기쁨이다.

남편이 내게 언제나 용기와 희망을 주듯이, 남편에게 항상 힘이 되어주는 아내이고 싶다. 오늘 저녁은 남편을 위해 그가 제일 좋아하는 불고기와 함께 진심을 전해 보아야겠다.

"나를 있는 그대로 사랑해 주고, 평범한 여자로 살 수 있게 해주어 참으로 고마워요."

3

우정 안에서

-20대-

[마음이 우는 말]

"네가 공무원이 됐다고?"

사회복지직공무원 합격을 최종 확인하고 많은 친구와 지인들의 축하를 받으며 인생에서 가장 감사한 스물다섯 살의 여름을 보냈다. 같은 도서관에서 공부하던 친구를 길에서 우연히 만났다.

"왜 도서관에 안 와? 포기한 거니?"

비꼬듯 말하는 친구의 말에 옆에 있던 다른 친구가 나를 대신해 합격 소식을 전했다.

"경진이 이번에 붙었잖아!"

"헐… 네가 공무원이 됐다고?"

축하한다는 말 한마디 없이 차가워진 친구의 표정에 갑자기 분위기가 냉랭해졌다. 몇 년 후, 식당에서 우연히 그 친구를 만났다. 오랜만에 만난 친구의 안부가 궁금하고 반가운 마음에 인사하려는데 시선을 피하는 모습에 또 한 번 민망함이 밀려왔다. 그 뒤로도 우연히 마주치곤 했지만 서로 남처럼 지나쳤다.

시간이 지난 후에야 친구의 마음을 헤아릴 수 있었다. 수험생이라면 누구라도 합격이 간절한데, 합격한 나의 기쁨만 생각했다. 그때는 느낄 수 없었던 친구의 슬픈 목소리가 지금은 느껴진다. 친구는 차가워진 표정이 아니라 슬픈 표정을 애써 감추려 했던 것이었다. 이제는 그 친구가 행복하길 바란다.

[마음이 웃는 말]

"난 네가 해낼 줄 알았어!"

공무원 합격 소식을 어디서 들었는지 단짝 친구로부터 전화가 왔다. 나보다 더 흥분한 그녀의 목소리가 수화기 너머로 들려왔다.

"난 네가 해낼 줄 알았어! 정말 기쁘다. 그동안 고생했으니까 내가 밥 사줄게. 빨리 나와."

"축하해 줘서 정말 고마워. 나는 내가 해낼 줄 몰랐어."

사람들은 안 좋은 소식은 전하지만 좋은 소식은 잘 전하지 않는다. '겸손이 미덕'인 우리나라에서 좋은 소식을 전하는 것은 자기과시라고 생각하기 때문이다. 그래서 합격 소식을 전하기를 망설이던 찰나, 먼저 연락해 본인의 일처럼 기뻐해 주는 친구의 목소리를 들으니 이토록 좋은 친구가 있음에 감사함과 함께 마음 한구석이 뭉클해졌다.

사십 년 동안을 친구와 한 번도 싸우지 않고 잘 지낼 수 있었던 것은 서로를 있는 그대로 인정해주고, "고마워, 잘할 수 있어. 정말 기쁘다. 네가 있어서 좋다."와 같은 긍정의 말을 주고받았기에 가능한 일이었다.

어린 시절부터 한동네에서 자라 사십 년의 세월을 함께한 친구가 있다. 기쁜 일에는 나보다 더 기뻐해 주고, 슬픈 일에는 같이 눈물 흘리며 위로해 주는 친구가 있다. 오랜 세월이 지났음에도 불구하고 늘 한결같은 친구가 있다. 지금은 서로 바빠 자주 만나지 못하지만, 노년을 함께 보내자는 친구가 내게는 있다.

이런 친구가 내 옆에 있다는 것은 분명 큰 행운이요, 축복이다.

4
우정 안에서
-30대-

[마음이 우는 말]

"너는 결혼 언제 해?"

서른 살이 되니 결혼한 친구들이 많아졌다. 결혼한 지 얼마 되지 않은 친구를 만나 달콤한 신혼 이야기를 들었다. 하루하루 행복하다는 말에 진심으로 부러웠다. 4년째 연애만 하는 내가 보잘것없게 느껴졌다. 애써 태연한 척 웃고 있었지만 울고 싶은 마음뿐이었다. 그런 내게 친구가 무심코 한마디를 던졌다.

"경진아, 너는 결혼 언제 해?"

"아…, 나는 그냥 연애가 좋아."

마지못해 대답은 했지만 결혼을 못 하는 이유를 알면서 모두가 있는 자리에서 말을 꺼낸 친구에게 불쾌감이 느껴졌다. 자리에서 일어나고 싶었지만 분위기를 망칠까 다른 말로 화제를 바꾸었다. 친구들이 결혼을 할 때마다 겉으로는 축하해 주면서도 속으로는 정말 부러웠다. 결혼이 뭐라고…. 친구 결혼식을 다녀오는 날이면 지금의 남편(前 남자 친구)을 만나 속상한 마음에 울기도 했다.

이제는 알 수 있다. "결혼 언제 해?"라는 말의 의미는 상처 주고 싶어서가 아닌, 그저 함께 결혼과 관련된 이야기를 주고받고 싶었던 친구의 마음이었고, 안쓰럽게 생각했던 마음이었다는 사실을 알게 되었다. 친구의 말을 오해하고 홀로 상처받아 친구를 미워한 내가 부끄러워진다.

나이 마흔에 이르러 이제야 상대방의 말을 곱지 않게만 생각하던 아집我執을 조금은 내려놓는 지혜가 생겼다.

[마음이 웃는 말]

"너 정말 대단한 거야!"

아이를 낳고 2년 5개월의 육아휴직 후 복직을 했다. 복직은 생각보다 어려운 점이 많았다. 출근 준비하랴, 아이에 남편까지 챙기랴…. 아침은 그야말로 전쟁이다. 업무 지침은 왜 이렇게 바뀐 게 많은지! 돌아서면 잊어버렸다. 답변이 막힐 때마다 "복직한 지 얼마 안 돼서 확인 후 말씀드리겠습니다."라는 말이 일상이 되어버렸다. 정말 자포자기하고 싶은 심정이었다.

그 순간 친구 목소리가 듣고 싶어 전화를 걸었다. 스스로가 바보처럼 느껴진다는 나의 하소연에 친구는 의외의 말을 했다.

"너 정말 대단한 거야! 아침에 출근하는 것 자체가 대단해. 나는 그걸 못해서 퇴직했잖아."

출근을 당연하게만 생각했던 내게 그 말 한마디가 생각의 전환점이 되었다. 마치 내가 대단한 일을 하고 있다고 착각할 만큼 자신감이 생겼다. 그 자신감은 주어진 상황에서 모든 일에 정성을 다하는 계기가 되었다.

생각해 보면 친구는 회사에서 치이고, 아이한테 치이는 과정을 겪어봤기에 나의 마음을 누구보다 더 잘 알 수 있었다. 사람은 누구나 '인정받고 싶은 욕구'가 있다. 때로는 열심히 살아도 인정을 받지 못해 괴로울 때도 있다. 그럴 때면 스스로 생각한다. '나는 최선을 다해 살고 있다. 그것만으로도 인정받기에 충분한 사람이다.' 그렇게 내 마음을 다독여본다.

5

사회 안에서

-학교-

[마음이 우는 말]

"너 과학실로 따라와!"

원치 않은 실업계고 진학 후 학교에 가기가 싫었다. 자퇴하고 싶었지만 고등학교 졸업장은 있어야 한다는 부모님의 만류로 학교를 다녀야 했다. 고2 때부터 입시학원을 다니기 시작하면서 수능을 목표로 공부를 했다. 밤늦게까지 공부를 하다 보니 수업 시간에는 늘 잠을 자는 학생이었다. 점심시간이 끝나면 담임선생님은 자주 호출하셨다.

"김경진! 너 과학실로 따라와."

"오늘은 몇 대 맞을래? 왜 맞는지는 알지?"

왜 맞는지 이유도 모른 채 손바닥을 맞았다. 황당하여 맞는 이유를 모르겠다고 하면 한 대를 더 때리셨다. 처음에는 무섭고 두려웠다. 시간이 지나고 과학실에 가는 횟수가 늘어나니 아무런 생각이 들지 않았다. 그저 후딱 맞고 교실로 돌아가고 싶은 마음뿐이었다.

교실로 돌아와 선생님의 얼굴을 볼 때마다 분노하게 되었다. 그 시절에는 부모님께 말씀드리면 더 혼날 게 두려워 어디에도 말할 수 없었다.

엄마한테 말씀드리면 "네가 맞을 짓을 했겠지! 선생님이 괜히 때리시겠니?"라고 하실 테고, 아빠한테 말씀드리면 "수업 시간에 잠을 잤다고?"라고 화를 내시며 불호령이 떨어질까 겁이 났다.

돌이켜 생각해 보면 선생님은 교실에서는 잠만 자고, 친구들과 어울리지 않고, 자주 배가 아프다며 조퇴하는 학생이 걱정되어 그리하셨을 것이다. 선생님의 사랑의 매 덕분에 학교를 무사히 졸업할 수 있었으니 이 또한 감사할 뿐이다.

[마음이 웃는 말]

"잘 자라줘서 고맙다."

대학교를 갓 졸업하신 스물세 살의 선생님, 그런 선생님의 첫 제자였던 나. 우리의 인연은 그렇게 시작되었다. 5학년에 이어 6학년까지 담임선생님이셨다. 선생님은 쉬는 날이면 자취방으로 반 친구들을 초대해 떡볶이도 해주시고, 기차여행도 가고, 교실을 벗어나 학교 정원에서 공부하는 등 특별한 경험을 많이 하도록 해주셨다. 장애가 있는 제자를 마음으로 받아주시고 서툴러도 학교행사에 참여시켜주셨다. 덕분에 즐거운 학교생활을 할 수 있었다.

시간이 흘러도 가끔 안부를 전하며 지냈다. 결혼을 하고 나서는 우연히 선생님 댁 옆 아파트 단지에 살게 되었다. 근무하시는 학교가 집에서 가까워 가끔 선생님이 뵙고 싶을 때면 연락을 드려 편하게 만났다. 어느 날 선생님께 아이 학습에 관해 여쭤보고 싶어 전화를 드렸다. 학습 관련 이야기로 시작된 통화는 끝이 보이지 않았다.

"선생님 지금 시간 되세요? 저 지금 학교로 갈게요."

"그래, 오너라."

그렇게 학교로 가서 선생님과 두 시간 넘게 이야기를 하고 아이가 학원에서 돌아올 시간이 되어서야 아쉬움을 뒤로하고 집으로 돌아왔다.

작년 스승의 날, 카네이션과 함께 선생님을 찾아뵈었다. 선생님과 많은 이야기를 나누고 집으로 돌아가려는 찰나 선생님께서 말씀하셨다.

"경진아, 잘 자라줘서 고맙다."

"선생님 감사해요. 다 선생님 덕분이에요!"

힘든 상황 속에서 누구보다 최선을 다해 살아온 노고를 말하지 않아도 알아주는 사람이 있다는 사실에 눈시울이 붉어져 뒤돌아보지 못했다. 커다란 표창장을 받은 것처럼 느껴졌다. 앞으로도 그 커다란 표창장을 가슴에 품고 더 열심히 최선을 다해 살아갈 것이다.

6

사회 안에서

-직장-

[마음이 우는 말]

"왜 장애인이 여기 앉아 있어요?"

국민기초생활보장수급 업무를 담당했을 때의 일이다. 나이 드신 부모님의 수급자 신청을 대신하러 온 민원인에게 수급 조건과 자격 등을 안내해 드렸다. 그런데 갑자기 화를 내셨다. 수급자보다 혜택은 적지만, 해당 민원인에게 신청 가능한 다른 사업도 안내해 보고, 지침까지 보여드렸지만 마치 '종로에서 뺨 맞고 한강에서 눈 흘긴다'는 속담처럼 화풀이하러 온 사람 같았다.

"부모님 수급자 신청을 하는데 자녀의 재산·소득을 왜 조사하나요? 요즘 세상에 부모님께 용돈 주는 사람이 얼마나 돼요? 선생님은 부모님께 용돈 드려요?"

설명을 듣는 둥 마는 둥 불만 가득한 목소리로 따지는 민원인의 모습에 할 말을 잃었다. 잠시 후 내 귀를 의심할 만한 말이 귓가에 들려왔다.

"그런데 왜 장애인이 여기 앉아 있어요?"

이 말을 듣는 순간 참을 수 없는 분노가 느껴졌다. 그래도 마음을 가라앉히고 할 수 있는 한 최대한 친절하게 말했다.

"제가 장애가 있어서 설명을 듣기가 많이 불편하셨나요?"

민원인은 아무 대답도 하지 못했다. 주변의 따가운 시선에 자신의 말실수를 느꼈는지, 자리를 황급히 떠나려 하는 순간 민원인을 향해 말했다.

"방금 전 저에게 했던 말에 대한 사과를 받고 싶습니다."

"죄송합니다. 제가 실수를 한 것 같습니다."

민원인은 황급히 자리를 떠났다. 방금 전까지 씩씩했던 나는 어디로 가고, 나도 모르게 눈물이 나 화장실로 달려갔다.

예전에는 상처와 분노가 상대방으로부터 온 것이라 생각하고 곧이곧대로 받았지만, 이제는 상처와 분노를 받을지 말지는 내가 결정하는 것임을 알게 될 만큼 단단해졌다. 하지만 무심코 내뱉은 말이 누군가에게는 큰 상처가 될 수 있음을 늘 기억하며 나 또한 상대방에게 상처 주지 않는 사람이 되어야겠다.

[마음이 웃는 말]

"선생님을 보니 희망이 보입니다."

장애인복지 업무를 하다 보면 장애가 있는 자녀를 둔 부모님들의 장애등록 상담이 많다. 태어나자마자 선천성 장애를 가진 신생아부터 청년이 되어 교통사고로 장애를 갖게 된 자녀의 부모까지, 저마다의 가슴 아픈 사연들은 내 마음을 울리곤 했다.

어느 날 나와 같은 뇌병변 경증장애를 가지고 있는 일곱 살 딸아이의 장애등록을 문의하러 젊은 엄마가 오셨다. 장애등록을 망설이다 이제야 왔다고 했다. 장애등록 절차 및 혜택 안내가 끝나자 아무에게도 털어놓을 수 없는, 장애아를 키우는 어려움과 고민을 털어놓으시며 눈물을 흘리셨다.

또래 아이를 키우는 엄마로서, 또한 같은 장애가 있는 사람으로서, 내가 살아온 이야기를 조심스럽게 꺼냈다. 엄마가 장애가 있는 줄도 모르게 나를 키워주신 이야기, 뒤늦게 장애등록을 한 이야기 등을 민원인에게 들려주었다. 이야기를 다 들은 민원인은 흘리던 눈물을 닦으시고, 얼굴에 미소를 지으며 말씀하셨다.

"선생님 이야기를 듣고 나니 저희 아이도 선생님처럼 훌륭한 사회인으로 자랄 수 있을 것 같아요. 선생님을 보니 정말 희망이 보입니다. 정말 감사합니다."

진심 어린 민원인의 말에 나도 모르게 눈물이 났다. 나의 존재가 어린 경진이들과 장애아를 키우는 부모님들에게 희망이 된다는 말은 내가 더 열심히 살아야 하는 하나의 이유가 되었다. 많은 사람들에게 영향력 있는 사람이 되도록 하루하루 열심히 최선을 다해 살아야겠다.

밤하늘에는 무수히 많은 별들이 있다. 그중에는 반짝반짝 빛나는 별도 있고, 은은하게 비추는 별도 있다. 반짝반짝 빛나는 별도, 은은하게 비추는 별도 모두 하늘에 있기에 밤은 어둡지 않은 것이다. 사람도 별과 같다. 남들과 조금 다르다고 가치 없는 것은 아니다. 우리는 존재만으로도 세상을 빛나게 한다. 그러므로 우리 모두 소중한 사람이라는 것을 잊지 말았으면 좋겠다.

7

사회 안에서

-이웃-

[마음이 우는 말]

"야! 너 거기가 얼마나 위험한 줄 알아? 빨리 나오지 못해!!"

연말이라 아파트 연못 나무들에 조명이 설치되었다. 눈이 내린 뒤 얼어 있는 연못에서 아이와 놀고 있었다. 다치지 않게 조심하라고 아이에게 주의를 줬다. 아이의 두꺼운 패딩점퍼가 조명에 살짝 스쳤다.

아이에게 말했다.

"민성아, 조심해. 패딩점퍼가 조명에 스쳤어!"

"알겠어요."

잠시 후 지나가시는 경비 아저씨께 인사를 나누고 고개를 돌리는 순간 아저씨는 아이를 향해 소리친다.

"야! 너 거기가 얼마나 위험한 줄 알아? 빨리 나오지 못해!"

반려견과 함께 있어서 내가 아이의 보호자인지 몰랐던 경비 아저씨는 아이를 향해 화를 내며 큰 소리로 쏘아붙이셨다. 아이 표정을 보니 주눅이 들어서 어찌할 바를 모르고 얼음이 되어 서 있었다. '내 아이한테 왜 그렇게 말씀을 하시냐!'라고 따지고 싶었다. 하지만 화나는 마음을 가라앉히고 최대한 예의를 갖추며 말했다.

"아저씨, 저기가 위험한 곳인가요? 평소에도 놀던 곳이라 몰랐네요. 죄송해요. 그런데 다음부터는 예쁜 말로 말씀해 주셨으면 좋겠어요."

"죄송합니다. 그렇게 위험하지는 않지만… 아이가 혼자 있을 줄 알고 위험해 보여서…."

아저씨는 면구스러웠는지 말을 흐리며 지나가셨다. 아저씨가 가시고 아이를 달랬다. 아이는 좋아하는 콜라와 팝콘을 사러 가서야 기분이 나아졌다.

언어가 거친 사람은 분노를 안고 있는 사람이다. 반면 부드럽게 말하는 사람은 마음이 안정적이기 때문이다. 말이 곧 인격이다. 특히 상대가 나이나 지위가 낮은 사람일 때 말의 인격은 더욱더 빛난다.

[마음이 웃는 말]

"전혀 시끄럽지 않아요."

'후다다다닥!'

이사 온 지 얼마 되지 않아 아이는 기분이 좋은지 이곳저곳 뛰어다니기 바쁘다. 거실에서 방으로, 방에서 방으로 뛰어가는 소리가 들린다.

"뛰지 말고 조용히 걷자, 아랫집에서 올라오시면 네가 죄송하다고 말씀드려야 해."

"알겠어요, 엄마."

같은 말이 반복되지만 조용해지는 것은 그때 잠시뿐, 아이는 또 달리기 시작한다.

"이사 온 지 얼마 안 됐는데 아랫집 아주머니께 시끄럽다고 혼나면 엄마 마음이 많이 속상할 것 같아. 우리 정말 조심하자!"

"알겠어요. 엄마."

얼마 후 엘리베이터 안에서 아래층에 사시는 아주머니를 만났다.

"안녕하세요. 시끄럽지 않으세요? 아이가 이사 온 게 신이 나서인지…."

"전혀 시끄럽지 않아요. 전에 사시던 분들은 애가 셋이었는걸요."

생각지도 못한 대답이었다. 아주머니의 배려 깊은 마음에 놀라고 진심으로 감사했다. 층간 소음으로 비극적인 사건이 나는 요즘, 아랫집의 따뜻한 배려와 이해로 마음이 푸근해진다. 나 또한 윗집에서 들려오는 소음을 이해할 수 있는 마음의 여유를 가지게 되었다.

아랫집 아주머니의 웃는 말처럼 말도 전염된다. 내가 그랬듯이 나로 인해 이웃과 사회에 웃는 말이 전염되었으면 좋겠다. 오늘도 마음 주머니 속에서 웃는 말들을 꺼내 본다.

김희경

부모교육 전문가로서,
사람의 마음을 공부하고,
마음의 성장을 돕는 '마음 약사'
https://blog.naver.com/banglgom

2

1

가정 안에서

-부모-

[마음이 우는 말]

"이걸 성적이라고 받아왔니?"

고등학교 시절 열심히 놀면서도 반에서 10등 전후 성적을 유지하는 아이였다. 친구가 기타부 오디션에 같이 가자고 해서 갔다가 얼결에 노래하게 되었고, 덜컥 붙었다. 기타를 배우며 학창 시절을 보냈다. 노래방 가서 기타부 동기들과 노래 부르며 가사 외우고, 모여서 기타로 청춘을 즐겁게 보냈다. 주말엔 예식장에서 축가를 부르며 행복한 시간을 보냈다. 시간이 지나면서 성적은 거의 바닥을 쳤다. 생애 처음으로 받아 보는 성적이었다. 거의 반에서 끝 등수였다. 놀랐다. 나도 놀랐는데 부모님은 당연히 놀라고 화가 나실 것 같아서 긴장되었다.

집으로 가는 길 내내 발걸음이 무거웠다. 학교에서 아주 가까운 집이 그렇게 멀게 느껴질 수가 없었다. 문을 열고 들어가기가 겁이 났다. 마음에서 거의 만 번도 넘게 혼이 났다. 너무나 두려웠지만 용기를 내어 집으로 들어갔고, 엄마에게 성적표를 드렸다. 설거지를 하고 계시던 엄마가 물 묻은 고무장갑으로 성적표를 받아 보시곤 옆으로 날리면서 하신 말씀이 마음에 남아 있다. 평소 이야기도 잘 들어주시고 늘 마음으로 공감해 주시는 분이었기에, 엄마의 반응은 내게 긴장감을 주었다.

"이걸 성적이라고 받아왔니?"

성적표가 영화의 한 장면처럼 오른쪽 왼쪽 나풀거리며 슬로 비디오처럼 떨어졌다. 더 이상 말씀은 없으셨지만 그런 정적이 처음이라 힘들고 아팠던 기억이 난다. 믿었던 딸이 갑자기 성적이 떨어지니 엄마도 속이 상하고 당황해서 그런 거였다는 걸 안다. 지금 생각해도 엄마가 진짜 속상했을 것 같다. 사실 기타부 들어가는 걸 반대하셨다. 반대하던 기타부를 들어가서 성적까지 떨어졌으니, 이런 반응이 나오는 것도 당연했다. 그래도 놀랐고 긴장했을 딸을 생각해서, 위로와 격려를 해 주시지.

"아고, 이게 뭐냐? 너도 속상하겠다. 엄마도 네가 기타 치느라 성적 떨어진 것 같아 속상하다. 다음부터 어쩔 거야? 좀 더 열심히 하자."라고 해 주셨으면 더 좋았을 것 같다.

[마음이 웃는 말]

"너는 이게 실패라고 생각하니? 아빠는 좋은 경험이라고 생각해."

1990년 6월 23일 책상 위에 놓인 편지 한 통이 내게 전해준 위로를 잊지 못한다. 꼴찌에 가까운 성적표를 아빠께 보여드렸다. 아빠는 나를 보더니 한마디 하셨다.

"속상하겠다. 그런데 딸램아, 너는 이게 실패라고 생각하니? 아빠는 좋은 경험이라고 생각해. 이 성적을 계기로 더 발전한다면, 이것도 너에게 분명 큰 의미라고 생각해."

그 말을 듣는데 그저 하염없이 눈물이 났다. 비난받지 않고, 평가받지 않았다. 이 경험을 통해 뭘 배울 수 있을지 묻는 말이었다. 기죽지 말라고 용기를 주고 계셨다. 실패라고 생각하지 말고, 그 속에서 다음에 어떻게 할 건지 생각해 보라고 방향을 알려주신 거였다.

다음 날, 하교 후 나를 반기는 책상 위 편지 한 통. 그 속엔 아빠의 마음이 가득 담겨 있었다.

"내 딸, 내 아들아! (중략) 나는 네가 최선을 다하면 그만이고, 설사 어느 대학에 못 들어간다고 해도 조금도 실망하지 않을 것이다. 네가 정직한 사람이 되고, 남을 위해 크나 적으나 희생할 줄 아는 그런 너그러운 인간이 되기를 바랄 뿐이다. (중략) 너는 당당하게 네 길을 가라. 실패하면 어떠냐? 지치고 외로울 땐 이 부모의 품으로 돌아오라. 이 품속에는 언제나 사랑이 있고, 평화가 있다. 1990. 6. 23. 아빠가…."

아빠의 편지를 읽는 내내 울었다. 실패한 나를 보는 것이 아닌, 다음에 잘할 수 있는 아이라고 경험의 힘을 믿어주신 마음에 따뜻함이 전해졌다. 마음이 힘들었을 딸을 안쓰럽게 보는 아빠의 마음이 느껴져 행복하고 안심이 되었다.

경험이지 실패가 아니라는 아빠의 말은, 내가 부모가 된 뒤 자식을 키우는 데 있어 삶의 나침반이 되었다. 오늘도 아이들에게 말한다.

"얘들아, 오늘 이 경험 속에서 발견한 걸 뭘까? 다음번에 나아지려면 무엇을 하면 될까?"

2

가정 안에서

-부부-

[마음이 우는 말]

"아무튼, 해지해요."

결혼하고 얼마 안 되었을 때의 일이다. 일하는 도중, 남편으로부터 날아온 문자 한 통.

"펀드, 오늘 중으로 해지해요."

어떤 설명도 없었다. 전화로 물어보니 형이 사업하는 데 돈이 필요하다는 말이었다. 손해가 나고 있는 펀드라서 속상했지만, 설명이 길지 않은 남편의 특성상 여러 말을 해 봤자 싸움이 될 것 같아 해지하고 남편에게 보내주었다. 나를 어떻게 보는 건지 궁금했다. 다르게 살아왔기에 이해의 시간이 필요하지만, 나를 존중해 의견을 물어주었으면 하는 마음에 아쉬움이 남았고 당황스러웠다.

남매간에 독립적으로 잘 살도록 책임감을 키워 준 나의 원가족과 달리, 남편의 가족은 유난히 형제간의 우애가 돈독했다. 결혼했음에도 불구하고, 우애가 중요해서 독단적으로 의사를 결정하는 남편의 행동이 결혼생활 동안 반복될까 봐 겁이 났다. 조심스럽게 형제의 의미를 물었더니, 아버님의 고생에 보답하고 싶은데 아버님은 형제간의 우애를 중요하게 생각하신다고 했다. 듣고 나니 남편이 이해가 되었다.

다음부터는 상황을 이해할 수 있게 설명해 주고, 의논해 달라고 부탁했다. 말이 길지 않은 남편이 지금까지 그 부탁을 잊지 않고 소통을 해준 덕에, 마음을 나누며 함께 살고 있다.

[마음이 웃는 말]

"그게 뭐 어때서? 내가 너 발가락 보고 좋아했냐? 그냥 네가 좋아."

살면서 '외계인 발가락'이라는 말을 들어본 적이 있는가? 나는 들어봤다. 바로 내 발가락이다. 나는 두 번째 발가락이 길어도 너무 길다. 옆집 꼬마 아이가 내 발가락을 보고 남과 다른 것에 충격을 느꼈는지 일기장에 글을 썼다고 했다. 일기장에 열심히 내 발가락을 그려 두 번째 발가락을 화살표로 표시했고 '외계인 발가락'이라고 썼다고 했다.

내 나이 아홉 살, 그렇게 내 발가락이 남들과 다르다는 것을 알았다. 그 이야기를 듣고 나는 내 발가락이 남들이 보기에 이상하다는 것을 알아차렸다. 그날 이후 그 발가락을 숨기기 위해 아침마다 휴지를 양말 안에 넣었고, 양말을 벗은 적이 없었다. 심지어 수학여행을 가서도 제일 먼저 들어가 화장실로 직행해서 발을 씻고 양말을 갈아 신고 발을 안 보여주려 최대한 노력하고 이불 안으로 들어가 있었다. 9살부터 28살까지 샌들이라는 걸 신어본 적이 없었다.

28살, 지금의 남편으로부터 프러포즈를 받았다. 발가락 때문에 신혼 첫날 놀랄 남편이 걱정되고 그런 내가 싫다고 할까 봐 겁이 났다. 그래서 하루 날을 잡고 고백을 하겠다고 하고 내 발가락에 대해 미리 이야기했다. 다 듣고 난 나의 현재 남편은 내게 말했다.

"그게 뭐 어때서? 야, 내가 너 발가락 보고 좋아했냐? 그냥 네가 좋아. 사람마다 손가락, 얼굴 모양이 다 다른 걸. 가자! 샌들 사 줄게."

샌들을 신기고 지하철을 타고 가며 타인이 내 발에 관심이 없음을 보여주었다. 나를 있는 그대로 수용하고 타인의 시선에서 편하도록 만들어준 사람이 지금의 내 남편이다. 그냥 네가 좋다는 한마디가 움츠려 있던 나를 나답게 당당하게 살게 해 주었다.

글을 적는 이 순간, 그때는 왜 그렇게 진지하고 심각했는지 웃음이 난다. '외계인 발가락'이란 걸 알고 나서 마음이 참 많이 아팠다. 숨기려고 정말 애쓰고 살았는데 이렇게 존재로 받아주면 괜찮아지는구나 싶어 편안해졌다. 내가 걱정을 왜 했지 싶을 만큼, 나의 아픔을 웃지 않고 있는 그대로 받아준 남편이 참 고맙다.

3

가정 안에서

-자녀-

[마음이 우는 말]

"엄마, 이게 나라고!"

나는 자녀가 셋이다. 그중 둘째만 남자아이이다. 분명 지금의 나라면 목소리를 바꾸라고 하지 않았을 테지만, 그때는 성인지 감수성을 몰랐던 무지한 엄마였다. 아들은 유난히 목소리가 가늘고 높다. 밖에 아이를 데리고 나가면 사람들이 쳐다볼 정도였다. 사람들의 시선에 아이는 어땠는지 모르겠다. 물어본 적이 없었다. 사람들이 아들의 목소리를 듣고 쳐다보는 것이 신경 쓰여서, 정작 내 아이를 못 봤다.

그래서 목소리를 천천히 낮게 내 보자며 연습을 시켰다. 이렇게 하면 되냐며 열심히 따라 하고 연습하던 아들이 어느 날, 갑자기 말했다.

"엄마, 이게 내 목소리인데 왜 바꿔야 해? 이게 나라고!"

바로 미안하다고 사과를 했다. 머리를 한 대 맞은 기분이었다.

지금 성인지 감수성을 배우고 강의하는 엄마로서 부끄럽고 미안한 일이다. 내 머릿속의 프레임, '남자는 목소리가 굵어야 해.'는 어디서 나온 생각이었을까?

그걸 따라주던 아들의 괴로웠을 마음이 느껴진다. 가늘고 높이 외치던 아들의 목소리가 얼마나 고마운지 모른다. 그 아들이 중2가 되었다. 변성기가 오고 있지만, 여전히 가늘고 높은 목소리로 "엄마"라고 불러주는 달달함이 시작될 때, 나의 엄마 역할은 신나게 출발한다.

[마음이 웃는 말]

"난 엄마 아빠 딸로 태어나서 행복해."

큰아이가 초등학교 4학년 때쯤, 친구 집에 다녀온 뒤 이야기했다.

"난 엄마 아빠 딸로 태어나서 행복해."

겉으로 티는 내지 못했지만, 속마음은 불꽃놀이 하듯 신나서 난리가 났다. '내가 나름 잘 키웠구나. 다른 집이랑 비교해서 우리 집이 행복하다 느꼈구나. 다행이다.' 그런데, 이유는 이랬다.

"엄마, 친구 집에 갔는데 보통 친구가 오면 놀라고 하잖아. 그런데 그 엄마는 친구가 왔는데 책을 읽고, 문제집을 풀어야 한다고 기다리라고 했어. 난 우리 집에 문제집이 없어서 너무 좋아. 엄마는 문제도 안 풀리게 하고, 친구가 오면 신나게 놀라고 하고, 맛있는 거 주잖아."

내가 생각한 답은 아니었다. 난 행복한 가족 분위기, 친밀감, 캠핑, 편안함 등을 생각했는데, 문제집이 없어서 행복하다니 전혀 예측하지 못한 이유였다. 아이가 문제집이 없는 우리 집이 좋고, 엄마 아빠 딸로 태어나서 행복하다고 하니 그걸로 좋다.

가끔 그런 생각을 한다. 태어나는 것은 아이의 선택이 아니다. 오로지 부모의 선택으로 태어난 아이에게 '살 만한 곳이지? 행복하지?' 그 느낌을 선물했으니 그걸로 만족한다.

이 느낌이 오래갈 수 있도록 아이의 마음을 살피고, 함께하는 시간을 축복의 시간으로 만들어봐야겠다. 내 아이여서 나도 행복하고, 아이도 내가 있어 행복한 그런 가정으로 남길 바라본다.

우정 안에서

-10대-

[마음이 우는 말]

"나, 가슴 좀 떼 주라."

몸무게 89kg. 수영을 해서 벌어진 어깨와 넓은 등판. 누굴 닮았는지 모르지만, 우리 집 모든 식구보다 엄청나게 큰 가슴을 가진 돌연변이가 바로 나다. 그 덕에 늘 나의 별명은 '만주벌판', '역삼각형', '곰탱이', '곰', '하마', '판다', '코알라' 이런 것들이었다. 친구들 사이에서 편하게 웃으면서 불러준 별명이어서 힘들지는 않았다.

하지만 내게 상처가 되었던 일은 가슴에 관련된 것이었다. 큰 가슴을 숨기려고 민소매 티셔츠를 3~4개 껴입고, 가슴에 붕대를 감았다. 가슴 튀어나오는 것이 싫어서 몸을 움츠리고 다녔다. 가슴이 커서 속상했고, 때로는 죽고 싶다는 생각도 할 정도로 힘이 들었다. 친구들은 부럽다고 했다. 입장이 다르니 그럴 수 있겠지만, 나는 싫었다. 가슴에 관해서는 얘기하지 말라고 여러 차례 아이들에게 부탁했는데도 아이들은 쉽게 말을 던졌다.

"부럽다. 나, 가슴 좀 떼 주라."

할 수만 있다면 정말 가슴을 떼 주고 싶었다.

친구들에겐 부러움의 대상이었을 수도 있겠지만, 나는 그 말이 정말 싫었다. 우리 가족 중 아무도 그런 사람이 없는데 나만 가슴이 큰 것도 이상하고 너무 창피하고 힘들었다. 친구들이 던진 무심한 한마디는 내겐 상처였다. 친구들은 진짜 진심으로 부러워서 가슴을 가져가고 싶은 마음이었을 수 있겠지만, 사춘기 민감한 시기에 살찐 모습과 가슴이 커서 받은 스트레스가 깊어 나는 죽고 싶을 만큼 우울했다. 아프고 큰 상처였다. 바꿀 수 없는 가슴이기에, 아팠던 10대의 나에게 위로를 건넨다. 바꿀 수 없는 외모로 놀림당하는 건 참 많이 힘들었다. 여러 번 부탁하면 진짜 힘든 마음이라는 걸 사람들이 알아주면 참 좋겠다.

[마음이 웃는 말]

"너라는 친구가 내 곁에 있다는 게 행복하다."

중학교부터 인연이 시작된 소중한 친구가 있다. 친하게 지냈던 친구 두 명이 다른 친구를 험담하는데, 옆에서 듣고 있던 내가 이야기를 한 것으로 소문이 난 적이 있다. 친구들의 따가운 시선을 느끼며 위축되어 지냈다. 억울했지만 아니라고 변명하고 다니기에도 참 애매했다. 반에서 홀로 외로운 시간을 보냈다.

그러다 방학을 맞이했고 조금은 편안하게 마음을 다잡고 있었을 때, 집에 편지 한 통이 날아왔다. 1학년 때 친하게 지냈던 친구의 편지였다. 방학 내내 편지 한 통이 매일 집에 왔다.

"네가 받아 보고 기뻐할 모습을 생각하며, 내 마음을 보낸다. 네가 나에게 보여준 많은 진심을 알기에 분명 네가 안 그랬을 거로 생각한다. 나는 알고 있어. 분명 친구들도 알게 될 거야. 너라는 친구가 내 곁에 있다는 게 행복하다. 앞으로도 오랫동안 행복한 모습으로 내 곁에 있어 주렴. 사랑한다. 친구야."

이 편지는 내게, 삶을 다시 볼 수 있게 해 준 용기이고 위로였다. 그리고 숨통이었다. 이 숨통을 선물해 준 너에게 진심으로 고마움을 전한다. 지금 아픈 너에게 내 존재가, 내 말 한마디가 용기와 위로와 숨통을 주길 바라본다. 고맙다. 친구야.

5

우정 안에서

-20대-

[마음이 우는 말]

"네가 등빨이 좀 있지. 그래도 성격 좋잖아. 그것도 중요해."

대학교 때, 4 대 4 미팅이 잡혔다. 나는 몸이 뚱뚱해서 미팅은 자신이 없어 하지 않았다. 그런데 인원을 맞추기 위해 나가야 하는 상황이 되었다.

갓 대학생이 된 친구들은 꾸미고, 한껏 멋을 부렸다. 나는 뚱뚱해서 입는 옷 스타일이 정해져 있었다. 헐렁한 크기의 티에 통청바지를 주로 입었다. 미팅이어도 특별할 것 없이 평소 스타

일대로 입고 나갔다. 친구들이 나름 코디를 해 주려고, 여러 가지 옷을 대주고, 빌려주려고 했다. 뭘 걸쳐도 어색했다.

외모 탓에 별 기대를 하지 않으면서도, 자리의 특성상 신경이 쓰인 건 사실이었다. 속상한 마음에 "왜 뭘 입어도 안 어울릴까?"라고 말했는데, 같이 가는 친구가 "허긴, 네가 등빨이 좀 있지. 그래도 성격 좋잖아. 그것도 중요해."라며 툭 말을 던졌다. 그 말이 아직 선명하게 남아 있다.

성격은 좋아, 분위기를 잘 잡았지만, 그 편한 친근함 덕에 친구들의 연락처를 연결하는 메신저가 되었다. '역시 외모와 날씬한 게 중요한 거구나.'라고 느꼈다.

친구의 애씀이 느껴진 하루였지만, 등빨이 있다는 말은 그 이후 미팅을 하지 않을 정도로 내게 상처가 되었다. 평소에 등빨이 있다고 생각하고 있긴 했지만, 친구의 입을 통해 들으니 마음의 상처로 다가왔다. 그 상처는 살을 빼는 계기가 되었지만, 한 번만 날 생각해 속상하겠다며 위로하는 친구였다면 더 좋았겠다.

[마음이 웃는 말]

"선배 덕분에 이 학교에 남았어요."

대학 1학년을 마치고, 신입생 오리엔테이션에서 만난 아이 한 명은 행사에서 사람들과 어울리지 않았다. 방 안 구석에 쪼그리고 앉아 나 건드리지 말라는 몸짓으로 잔뜩 움츠려 불만스러운 기운을 뿜어내고 있었다. 난 아이 외모에 호감이 들었고, 친해지고 싶었다. 그래서 다가갔다. 무엇 때문에 같이 안 어울리는지 물어봤다. 아이는 학교와 과가 마음에 들지 않는다고 했다. 나도 과를 결정할 때 많이 고민했던지라 아이의 마음이 이해가 되었지만, 오리엔테이션 이틀의 시간 동안 함께하지 못하고, 즐기지 못하는 아이가 안타까웠다. 그래서 있는 동안이라도 즐겼으면 좋겠다고 말했다.

"과가 마음에 안 들어서 그렇구나. 나도 그랬어. 그럴 수 있어. 하지만 여기 있는 사람들 다 최선을 다해 여기에 왔고 이 속에서 즐기고 있는데, 너 나름의 사정이 있겠지만 이 사람들을 깎아내리면 기분 나빠할 거야. 누군가는 간절히 원해서 온 학과이니 여기 있는 동안이라도 너무 티 내지 말자! 헤어질 때 헤어지더라도 같이 즐기자."라고 말을 건넸다. 지금 생각하니 참 재수 없게 말하는 선배였네. 그걸 좋게 들어주니 감사한 인연이고 마음이다.

그 아이는 공대 진학을 원했지만, 아버지의 강요로 가정관리학과를 왔고, 아빠한테 화가 나서 안 다닐 거라는 생각에 사람들과 어울리지 않았다고 했다. 그런데 '네가 뭔데?'라는 말에 정신이 번쩍 들었다고 했다. 내 말이 '네가 뭔데 혼자 이 난리야?' 처럼 들렸다고 했다.

지금을 즐기길 바라는 마음에 다가갔었는데 의도치 않게 감사하다고 몇 번을 말하는 아이다.

"선배 덕분에 학교에 남았어요. 좋은 거 배웠어요."

지금도 내게 '같은 하늘 아래 존재하는 것이 좋다.'며 전화하는 아이. 전화기 너머 들려오는 목소리에 사랑이 묻어있다. 잠시 스치는 인연이 될 수도 있었지만, 내가 건넨 한마디가 후배의 삶에 도움이 되었다니 감사하고 뿌듯하다. 그 마음을 표현해주는 후배의 말 한마디가 날 힘 나게 하고 웃게 한다. 누군가에게 건네는 한마디에 마음을 담아 표현해야겠다. 말이 전하는 온기를 새삼 느낀다.

6

우정 안에서

-30대-

[마음이 우는 말]

"술을 안 먹어서…."

캠핑을 함께 다니며 친하게 지내는 친구가 있었다. 그 친구를 통해 다른 팀을 알게 되었고 함께 잘 다녔다. 캠핑의 시간 동안 우정을 계속 쌓아갔고, 집으로 왕래할 만큼 친해졌다. 만나면 서로 웃고 이야기 나누며 좋은 시간이 쌓여갔다.

안부가 궁금해서 전화했는데 시끌벅적한 소리가 들렸다. 갑자기 얼굴 보러 오라고 해서 한 시간도 더 걸리는 거리를 달려

갔건만, 우리 빼고 다 모여 있었다. 배신감이 들고 속이 상했다. 서로 자주 만났었다고 했다. 이유는 간단했다.

"우린 다 술을 먹는데, 너희 부부는 술을 안 먹어서. 술 먹고 이런 망가진 모습 보이는 것이 싫어서 안 불렀어."

친구의 말에 내가 생각한 관계의 깊이만큼 편하게 느낀 건 아니었다는 것을 느꼈다. 그런 모습마저도 괜찮다며 함께 시간을 만들어 갔다고 생각했는데, 아니었다는 생각에 마음이 아팠다. 사람마다 생각하는 것이 다를 수 있음을 늘 느끼지만, 각별하게 생각했던 만큼 마음의 상처는 컸다. 조금이라도 그런 마음들을 알았으면 잘 대처했을 텐데, 미안함과 아쉬움이 큰 만남이다. 좋은 사람들과 함께하지 못하는 아쉬움이 있지만, 그들에게는 좋은 만남이 여전히 이어져 가고 있길 빌어본다.

[마음이 웃는 말]

"너 같은 친구가 있어서 참 좋다. 고마워."

고등학교부터 인연을 이어 온 귀한 친구가 있다. 어느 날, 친구는 병원에서 함께 일하는 후배 이야기를 조심스럽게 꺼내었다. 새로 온 후배인데, 이해할 수 없는 행동과 말을 하곤 해 어떻게 받아들여야 할지 고민이라고 했다.

“네가 고민한다는 것은 해결하고 싶다는 마음인 거야. 이야기해 봐.”

친구의 이야기를 듣고 그 후배의 행동에 담긴 마음을 설명주었다. 또한 후배를 어떻게 느끼고 있으며 어떻게 해줬으면 좋겠는지 생각해보라고 했다. 그러자 갑자기 친구가 말했다.

“아! 내가 그 아이가 마음을 봐달라고 하는 게 불편한 거구나. 나는 정확하게 일하는 걸 원하고, 그 후배는 자신의 마음을 알아달라고 원하는 건데 우리 둘이 안 맞아서 그런 거야? 고맙다. 이제 내가 뭘 해야 하는지 알겠어.”

후배의 행동이 네가 바라는 욕구와 맞지 않을 수도 있다고 이야기해 주었다.

“너 같은 친구가 있어서 참 좋다. 정말 고마워.”

스스로 답을 찾아놓고도 고맙다고 말해주는 친구가 있어 참 뿌듯하고 행복하다. 내 존재가 누군가에게 도움이 되고 있다는 사실이 마냥 좋기만 하다. 그런데 친구야, 나도 많이 고맙다.

‘너같이 지혜로운 친구가 있어 내가 더 고맙다는 걸 네가 알까?’

언제든 도움이 필요하면 귀를 열어놓고 들을 준비를 하고 있어야겠다. 이렇게 삶의 행복을 하나하나 쌓아가고 있다.

7

사회 안에서

-학교-

[마음이 우는 말]

"너 수학 누구 거 커닝했어?"

나는 고2가 되어서야 학원을 다니기 시작했다. 예비 고3이 되니 불안해서 다니게 된 것이다. 기초부터 시작하게 된 수학은 감사하게도 선생님께서 공을 들여 가르쳐 주셔서 성적이 오르기 시작했다. 고3 때에는 급기야 거의 만점에 가까운 점수가 나오기 시작했다. 스스로 대견스러워 놀라는 중이었다.

'내 안에 이런 능력이 있었단 말인가? 더 빨리 다녔어야 했나?'

자존감 가득 채우면서 괜찮은 나로 성장하고 있었다. 그런데 선생님 한 분이 웃으며 말씀하셨다.

"너 수학 누구 거 커닝했어? 왜 이렇게 잘했어?"

새벽 2시까지 학원에서 선생님이 봐주셔서 하다 보니 성적이 올랐다고 차분하게 설명했다. 농담처럼 웃으며 물어보셔서 기분이 나쁘진 않았다. 글로 옮기고 보니 '많이 열심히 했구나!'라고 칭찬을 해 주셨으면 더 좋았겠다는 아쉬움이 남는다. 누군가 알아주길 바라서 한 건 아니라서, 내가 해낸 그 결과가 뿌듯함으로 남아 지금도 하면 된다는 생각을 하게 한 사건이다.

[마음이 웃는 말]

"넌 내게 그만큼 소중한 아이야."

지금도 내게 가장 기억에 남는 스승은 독일어 선생님이다. 불어 수업을 들었기에 독어 수업을 들을 기회가 없었다. 선생님이 내 삶에 귀한 분으로 자리한 건 고2 때였다. 불어 선생님이 일이 있어 수업에 못 들어오신 날, 독어 선생님이 수업 시간에 대신 들어오셨다. 반장이었던 나는 인사를 했고 선생님께서는 불어 반에서 독어 수업을 하실 수 없어, 선생님의 이야기를 담백하게 들려주셨다. 따뜻하게 기억되는 첫 만남이었다.

며칠 뒤, 영화를 보러 갔다가 우연히 선생님을 만났다. 영화가 슬퍼 우는 날 보며 위로를 건네셨다.

"덩치는 큰데, 마음이 그렇게 여려서 어떻게 하니?"

딱 한 번 만난 선생님이 날 기억하는 게 신기해서 여쭤봤다. 교실에서 처음 만났을 때부터 눈을 말똥말똥 뜨고 집중해서 듣는 모습이 순수해서 눈에 들어왔었다고 이야기해 주셨다. 그 후로 선생님은 가끔 나를 불러 삶의 조언도 해 주시고, 선생님의 사진을 담아 마음으로 잘되길 바라는 글들도 전해주셨다.

그런데 독어 반 친구들이 상처를 받았다는 거다. 알고 보니 독어 선생님은 아이들에게 인기가 엄청 많았다. 특별히 선생님을 더 좋아하는 친구도 있었다는 걸 나중에 알았다. 나도 모르는 사이에 학교에서 독어 반 아이들의 미움의 대상이 되어 있었다. 이런 상황들이 어리둥절했지만, 나도 선생님이 참 좋았다. 그래서 솔직하게 여쭤본 적이 있다.

"독어 반 친구들이 선생님 좋아하는데, 저 때문에 애들이 선생님 미워하면 어떡해요?"

"그걸 감수하고서라도 넌 내게 그만큼 소중한 학생이야."

이 말은 지금도 내게 선명한 기억으로 남아 있다. 외모로 위축되어 있고, 소심했던 흔들리던 사춘기 시절, 내 존재가 소중하다고 말해주는 기적의 말이었다. 이 말은 내가 어떤 모습이어도 괜찮다고 말해주는 위로다. 누군가를 있는 그대로 인정해 주는 말의 힘이 얼마나 센지 선생님을 통해 배웠다. 선생님의 진정 따뜻한 마음이 내게 남긴 여운은, 성인이 된 나에게 사람 대하는 방법을 가르쳐주었다. 있는 그대로 바라보고, 품어주는 따뜻한 어른이 되라고 말이다.

리아

육아/책/음식/여행, 행복한 일상을 꾸려나가고 있는
프로페셔널 스튜던트 회사원
https://blog.naver.com/oliviakang91

3

1

가정 안에서

-부모-

[마음이 우는 말]

"엄마는 항상 올곧게 살았어."

우리 남매는 모두 동네에서 알아주는 모범생이었다. 동네 아줌마들은 엄마를 부러워하곤 했다. 다른 사람들 눈에는 모범생이었을지 몰라도 나는 엄마가 제일 다루기 힘들어하는 아이였다. 무난한 성격의 다른 형제들에 비해 톡톡 튀는 나를 버거워하는 엄마가 느껴졌고, 내가 특히나 유별나다며 힘들어하는 엄마의 모습에 많이 속상했다.

"엄마, 나는 온갖 장난을 다 해 봐서 선생님 하면 잘할 것 같아. 공부 잘하는 아이도, 못하는 아이도, 엇나가는 아이의 마음도 다 헤아려 줄 수 있는 선생님이 될 거야."

이렇게 말했던 어릴 적 내가 기억난다. 아마도 너무 올바르게 살아온 엄마가 부담스럽다는 말을 돌려 했었으리라.

아이를 키우는 엄마가 되어 보니 두 아이의 마음을 헤아리고 보듬어 주는 일이 절대 쉽지 않은 일임을 깨달았다. 아이들이 어긋나지 않기를 바라는 마음에 어느덧 잔소리를 퍼붓고 있다. 잔소리를 하는 듯하면 나의 입 위에 손을 슬그머니 올려 말을 막는 아이들 모습에 아차 싶은 요즘이다. 아이의 마음이 다칠까 조심스럽게 말하다가도, 힘든 날에는 유난히 폭포수처럼 퍼붓고 후회하게 되는 날도 있다. 부모님도 그랬으리라.

나 또한 아이의 마음이 무거워지는 말을 하지는 않았는지 되돌아보게 된다.

[마음이 웃는 말]

"고생했으니까 좀 쉬어. 쉬어도 돼."

엄마, 아내, 며느리로 또 직장인으로서 모든 일이 벅찼다. 아무리 열심히 해도 잘한다는 소리 듣기가 힘들고 쳇바퀴를 돌듯 제자리인 그 모든 것이 버거웠다. 그 무게를 벗어던지고 싶어서 달리는 차의 속도를 높여 벽에 부딪혀 죽고 싶다는 생각도 했다. 아이들이 아플 때면 죄책감이 들었다. 남편과 나는 회사가 바빠 번갈아 가며 주말 출근을 했던 터였다. 봐줄 사람이 없어 가장 오랜 시간을 어린이집에서 있어야 하는 아이들에게 미안했다.

엄마는 워킹맘으로서 살아남기 위해 어떤 마인드를 가져야 하는지에 대한 강의들을 골라 메시지를 보내주시곤 하셨다. 당신이 펼쳐보지 못한 꿈을 딸들은 펼칠 수 있기를 바라셨기에.

“엄마, 회사 그만두고 당분간 집에서 쉬려고요.”

나의 말에 엄마는 잠시 숨을 고르시는 듯했다. 예상과 다른 엄마의 대답이 돌아왔다.

“그래, 잘했어. 결혼해서 도와주는 사람도 없는데 애들 키우느라, 좀 키워 놓으니 바쁜 회사 다니느라 잠도 못 자고 고생 많았어. 고생했으니까 좀 쉬어. 쉬어도 돼.”

내 속을 알아주는 엄마의 말에 펑펑 울었다. 전화를 끊고 나서 엄마의 속마음이 들려왔다.

‘네가 고생하면 엄마는 안타까워.’

2

가정 안에서

-부부-

[마음이 우는 말]

"그래서 어쩌라고?"

대화가 잘 통하는 사람을 평생 함께하고 싶은 반려자의 필수 조건 순위에 두었다. 연애 시절, 남편은 이야기를 참 잘 들어주었고, 갈등이 있으면 대화를 통해 해결할 수 있었다.

이별까지 논할 정도의 갈등을 겪었지만 우리는 속 시원하게 서운했던 것을 모두 털어놓았고, 그 대화 끝에 1년을 만나면서 사라진 설렘까지 느꼈다. 결혼을 결심했던 여러 면이 있었지만,

이 남자다 싶은 순간이었다. 대화로 서운함을 모두 풀어줄 수 있는 남자라니.

남편도 나와 똑같은 생각을 했다고 한다. 대화가 잘 통하는 사람이라고.

그렇게 우리는 평생 함께하자는 사랑의 서약을 맺고 결혼을 했다. 하지만 결혼 후 얼마간의 시간이 지나자 남편의 장난기가 도졌다. 어느 날, 내가 회사에서 있었던 이야기를 속상한 듯이 털어놓았다.

"그래서, 어쩌라고?"

회사에서 힘들었던 마음을 다독여주길 원했건만 퉁명스럽게 돌아오는 답변에 속상한 마음을 감출 수 없었다. 여러 번 겪어도 서운하고 당황스럽다. 남편을 노려보며 씩씩거리는 나의 반응이 재미있는지 씩 웃기 시작한다. 장난이라는 것을 알지만 맥이 빠진다.

얼마 후 새로운 차가 출시되는 것을 신나게 말하고 있는 남편에게 똑같이 답변하니 삐지는 시늉을 한다. 입을 삐죽 내민 남편에게 "가는 말이 고와야 오는 말이 고운 거야."라고 말해주었다. 상대방에게 상처 주는 장난보다는 서로가 기분 좋게 웃을 수 있는 재미있는 대화를 했으면 좋겠다며 덧붙여 말해주었다.

[마음이 웃는 말]

"여보는 스스로 알아서 뭐든 잘 하잖아. 그러니 하고 싶으면 다 해 봐."

집에서 아이들만 보고 있으니 자존감이 바닥을 치기 시작했다. 아이만 키우다가 회사도 다니지 못하고 내 인생이 몽땅 사라져 버릴 것 같은 불안감이 들었다. 아이를 키우고, 음식을 만들고, 집을 깨끗이 청소하는 것은 분명 의미 있는 일이었다. 하지만 정말이지 집안일에는 소질이 없었다.

좋아하는 일을 다시 찾고 싶었고, 무엇인가에 열정을 쏟는 엄마이고 싶었다. 뭐라도 해야 할 것 같은 불안감에 이것저것 배워 볼 것을 알아보고 있었다. 생각보다 비용이 많이 들지만 하나씩 차근차근 배우겠다고 하자 남편은 흔쾌히 말했다.

"여보는 스스로 알아서 뭐든 잘 하잖아. 그러니 하고 싶으면 다 해 봐."

우리 부부 둘 중 한 명은 그래도 좋아하는 일을 해야 하지 않겠냐며 되묻는 남편의 말에 진심이 느껴졌다. 스스로를 믿지 못하며 힘들어했던 시기에 남편이 보여준 믿음과 응원으로 나는 다시 일어설 수 있었다. 말은 사람을 죽이기도 하고 살리기도 한다는 진리의 말이 와닿는 순간이었다.

3

가정 안에서

-자녀-

[마음이 우는 말]

"엄마는 화내는 얼굴이야."

커서 우리 아이와 결혼하고 싶다는 친구가 있었다. 예쁘게 그린 알록달록 유니콘 그림에 '사랑해'라며 곱게 편지를 썼다. 귀엽고 사랑스러운 꼬마 공주님의 편지에 문득 궁금증이 생겼다. 커서 누구와 결혼을 하고 싶은지 슬그머니 아이에게 물었다. 소꿉친구들 이름을 죽 늘어놓으며 물어보았으나 결혼하고 싶은 친구는 없다고 말했다. 혹시나 하는 마음에 엄마랑 결혼하고 싶은지 물으니 그것도 아니란다. 엄마랑은 왜 결혼하기 싫은지 이유를 물었다.

"엄마는 화내잖아. 화내는 얼굴이야."

'내가 화내는 얼굴이라니! 말도 안 돼.'

마음속으로 충격과 분노가 함께 일었다. 밥을 먹을 때, 놀이를 할 때, 책을 읽을 때, 목욕을 할 때 늘 웃어주려 노력했는데 아들의 말이 비수가 되어 꽂혔다. 지난날을 되돌아보며 온갖 생각에 잠겨있는 찰나, 형아가 되고 10살이 되어도 엄마랑 같이 살아도 되냐고 묻는 아들의 목소리가 들려왔다. 엄마와 함께하고 싶다는 아이의 말에 속상한 마음이 녹아내렸다.

혼자서 모든 일을 감당하기 벅차 남편에게 늘 화가 나 있던 나의 모습이 떠올라 반성했다. 아이들에게는 늘 웃어주었으나, 남편에게는 얼굴을 돌려 화를 내는 일이 많았던 것 같다.

나의 욕구를 표현하고 상대의 욕구도 파악하여 서로의 욕구를 충족시켜주는 비폭력대화 방법으로 남편과 나는 함께 성장하고 있다. 그렇게 나는 매일 조금씩 아이들에게 웃는 얼굴의 엄마가 되어가려 노력하고 있다.

[마음이 웃는 말]

“엄마 요리가 최고야. 집에서 먹는 밥 해줘.”

나는 요리에 소질이 없다. 맛있다고 말해주는 가족들의 격려에 열심히 해 보았지만 보통 수준 이상으로 끌어올릴 수는 없었다.

남편은 결혼 후 끼니를 챙겨줄 때마다 음식에 뭐가 덜 들어갔다, 뭘 넣어달라, 밥은 왜 이렇게 덜 익었냐는 등의 말을 해댔다. 먹을 때마다 ‘맛있다’가 아닌 ‘다음 번’을 찾는 남편 탓에, 내게 요리는 좋아하지도 않고 못하는 것에서 정말 하기 싫은 것으로 자리 잡았다.

그런데 요리를 하지 않기 시작할 즈음 아이가 말했다.

“엄마 요리가 최고야. 집에서 먹는 밥 해줘. 나가서 먹는 밥 말고.”

엄마의 요리가 그리웠나 보다. 지금 돌이켜 보면 나에게도 엄마의 요리가 최고로 맛있었다. 일이 많아 늘 바빴던 우리 엄마의 음식은 정교하지 못하고 급하게 차려내는 요리였으나, 가족의 건강을 생각하는 엄마의 사랑이 담겨있어 그토록 맛있었나 보다. 부족한 요리임에도 엄마의 요리가 최고라며 정성과 사랑이 담긴 음식임을 알아주는 아이가 참 고마웠다.

4

우정 안에서

-10대-

[마음이 우는 말]

"황비홍, 눈 쪽 찢어졌어."

나도 알았다. 나의 눈이 동그랗고 큰 눈이 아닌, 길게 찢어진 모양의 눈이라는 것. 그리고 이마가 참 넓다는 것을.

어린 시절, 눈 코 입이 외국인처럼 큰 친구들이 부러웠고 예쁘게 느껴졌다. '황비홍'이라는 별명은 아무리 들어도 적응되지 않는 기분 좋지 않은 별명이었다. 작은 키, 작은 눈, 납작한 코, 두툼한 입술. 모든 곳이 맘에 들지 않았다. 왜 이런 모습으로 태어났는지 원망의 마음이 들었다.

두 아이의 엄마가 된 지금, 아이들은 그저 사랑스러운 존재라는 것을 안다. 3억 분의 1의 확률을 뚫고 태어난 아이는 사랑받아 마땅하다. 모든 것이 똑같다면 아름다울까? 우리는 다르기 때문에 아름답다는 걸 안다. 빨강은 빨강대로, 노랑은 노랑대로, 초록은 초록대로 그저 예쁘고 사랑스럽다.

함께 마주한 당신은 당신이라서, 나는 나라서 아름답다는 것을 이제는 알기에 어린 시절 작은 나에게 돌아가 말했다. 너는 너라서 예쁘다고.

[마음이 웃는 말]

"언니 덕에 친구들이 다 부러워해요."

고등학교 시절, 노래하는 것을 좋아하여 중창부에 들어갔건만 현실은 꿈꿔왔던 동아리 생활과 너무도 달랐다. 한 살 두 살 더 먹은 언니들에게 선배님이라고 부르며 만날 때마다 90 도로 허리 숙여 인사해야 했다. 일방적인 지시와 상호 존중하지 않는 문화에 거부감이 들었다.

중창부에 후배들이 들어왔고 나는 그중 미소가 참 맑아 보이는 친구의 멘토가 되었다. 허리 숙인 후배의 인사를 받는 것은 참 부담스러웠다. 그저 우리는 같은 취미를 가진 동등한 존재라고 느꼈기에 허리 숙이는 대신 손을 흔들며 인사하자고 그녀에게 말했다. 상호 존중이 느껴졌기 때문일까? 우리는 손수 쓴 편지, 그림, 응원의 선물을 주고받으며 우정을 쌓아 나갔다.

"언니 덕에 친구들이 다 부러워해요. 선배 중에 그렇게 대해주는 사람 없다고요."

그녀를 존중하려고 노력하는 나의 마음을 알아주고 우정을 나눠주어 고마웠다. 벼 이삭은 익을수록 고개를 숙인다고 했던가. 온화함을 풍기는 우아한 노년이 되고자 나는 오늘도 만남 속에서 반성하고 배운다.

5

우정 안에서

-20대-

[마음이 우는 말]

"너는 낙관주의자야. 너는 내가 잘 알아. 봐라."

터무니없어 보이는 일들이 많았지만 나는 꿈꾸는 것을 좋아했다. 엄한 가정에서 10대 시절의 눌렸던 욕망이 20대에 모두 뿜어져 나왔다. 내가 원하는 대로 나의 삶을 계획할 수 있는 자유가 좋았다. 그런 나의 꿈을 하나씩 무기력하게 만드는 친구가 있었다.

학교에 컴퓨터를 기증받는 프로젝트를 진행하고 있다거나

새벽 수영을 시작한다고 말하면 그 친구는 불가능할 것이라 단언했다. 또 회사에 취업하는 데 도움이 안 될 거라며 말렸다. 내가 무언가에 도전을 시작하거나 실패할 때면 그 친구는 내게 말했다.

"너는 너무 낙관주의자야. 너는 내가 잘 알아. 봐라."

도전하던 것을 포기했을 때, 원하는 곳에 취업하지 못했을 때, 그녀는 나에게 현실에 눈을 뜨라며 조언을 했다. 나는 종종 그렇게 슬럼프에 빠졌고, 현실적이지 못하다며 자책했다. 하지만 10여 년이 훌쩍 지난 지금 그때로 돌아간다면, 나는 그녀에게 말할 것이다.

"나는 내가 제일 잘 알아. 나는 네 응원의 말이 필요해."

[마음이 웃는 말]

"너는 슬럼프가 와도 다시 치고 올라가는 힘이 있어. 괜찮아. 슬럼프는 극복하면 돼."

20대는 심적으로 참 불안정한 시기였다. 도전하고 실패하고, 도전하고 실패하고. 슬럼프에 빠지고 극복하는 것을 반복했다. 그러던 어느 날 나와 같은 꿈을 꾸고 있는 그녀를 만났다.

그녀는 이미 사회에 진출하여 경력을 쌓고 있었고, 대학원까지 다니면서도 다양한 일을 하고 있었다. 그 시절 내가 살던 지역에는 프랑스어를 배울 수 있는 학원이 없었고 근교의 타 도시로 학원을 다녀야 하는 상황이었다. 그런 상황에서 우리는 프랑스어를 배운다는 목적 하나로 모였다.

4~5명의 인원이 모였지만 얼마 가지 못하여 스터디 모임이 해체되었다. 그 이후 다른 지역에 있던 우리는 프랑스어를 배우겠다는 간절함으로 새벽 5시에 온라인으로 만나 함께 공부했다. 마침내 프랑스어 자격증을 취득했고 함께 성공을 맛보았다.

서로 사는 데 바빠 어쩌다 간신히 만나거나 전화를 하는 게 다지만, 나의 20대를 돌이켜 보면 그녀가 있었다.

"너는 슬럼프가 와도 다시 치고 올라가는 힘이 있어. 괜찮아. 슬럼프는 극복하면 돼."

그녀의 진심 어린 위로와 응원 덕분에 나는 다시 정신을 차리고 달려 나갈 수 있었다. 그 진심을 알기에 지금도 우리는 함께 꿈꾸며 슬플 때나 기쁠 때나 서로에 대한 조언과 응원의 말로 함께 커가고 있다.

6

사회 안에서

-학교-

[마음이 우는 말]

“엘리트 반에 언니처럼 들어가야지.”

언니는 전교 1~2등을 하는 모범생이었다. 언니는 인문계에 적응을 잘 한 듯 보였고 인문계 고등학교에 입학한 나는 많은 실망감을 느꼈다. 실업계에 진학해서 얼른 돈을 벌어 외국에 가고 싶었다. 고등학교에 입학하자마자 실업계로 가겠다며 부모님과 선생님께 선언했다. 부모님과 담임선생님은 내 마음을 돌리려 애쓰셨고, 나는 결국 인문계에 남았다.

그때부터 나의 고통은 시작되었다. 시험마다 담임선생님은 나와 언니를 비교하며 결과만을 보셨고, 나의 노력은 조금도 보아주시지 않았다. 언니와 등수 차이를 언급하며 매번 같은 말씀을 반복하셨다.

"엘리트 반에 언니처럼 들어가야지."

인문계에 남기로 결심한 후로 공부에 몰두했고, 하기 싫어하던 영어 공부도 시작했다. 그러나 선생님의 말씀에 내 노력은 쓸모없이 느껴질 뿐이었다. 그 이후로 열등감과 자기 비하가 마음 한구석에 자리 잡았다. 시험을 치르는 날은 늘 이불을 얼굴까지 뒤집어쓰고 우는 날이 되었다.

그때 선생님이 노력하는 모습을 다독여주시고 다른 능력을 봐주셨다면 어땠을까? 아이는 사회적 약자다. 아이를 키우며, 친구와 이웃들의 자녀들을 만나며 그저 아이들의 사랑스러운 모습만 보겠다고, 상대의 마음을 다치지 않게 하는 말을 하겠다고 다짐해 본다.

[마음이 웃는 말]

"열심히 해줘서 고마워. 네가 스스로 다 한 거란다."

학창 시절 모든 과목을 두루 좋아하여 대체로 점수가 우수한 편이었지만 영어만큼은 초등학교 때부터 싫어했었다. 중학교 때도 수업 시간에는 어느 정도 이해했다고 생각했으나 시험지를 받아 보면 듣도 보도 못한 새로운 것처럼 느껴졌다. 나의 영어 성적은 최하위권이었다.

대학교에 가겠다는 생각으로 영어 선생님을 찾아갔고, 영어 선생님은 구조 요청에 선뜻 손을 내밀어 엄청난 양의 문제집을 제공해 주셨다. 쉬는 시간마다 쉬고 싶으셨을 법도 한데 집요하게 찾아가는 나를 밀어내지 않으시고 그저 예쁘게 봐주셨다.

마침내 영어 성적은 최하위권에서 1등급 최상위권으로 진입했고, 감사함에 작은 선물을 들고 선생님을 찾아뵈었다. 선생님은 기뻐하시며 그 공을 온전히 나에게 돌려주셨다.

"열심히 해줘서 고마워. 네가 스스로 다 한 거란다."

선생님의 따스한 말은 '너는 그저 예뻐. 너는 할 수 있어.'라는 희망과 기쁨을 느끼게 했다. 나 또한 누군가에게 희망을 주는 이로, 사랑스러운 눈길로 바라봐 주던 이로 기억되길 바라본다.

7

사회 안에서

-이웃-

[마음이 우는 말]

"엄마 힘들겠어. 엄마 힘든데 내려와!"

우리 부부는 연년생을 계획했고 그렇게 첫째 아이에게는 너무나도 빠르게 동생이 찾아왔다.

엘리베이터에서 만나는 사람들마다 늘 아이에게 한마디씩 했다.

"엄마 힘들겠어. 엄마 힘든데 내려와!"

첫째가 돌이 좀 넘어설 무렵 나의 배는 남산만 하게 불렀고,

커다란 배 위로 아기를 안고 있는 모습이 안쓰러워 아이에게 다그쳤을 것이다. 문장을 겨우 내뱉고 겨우 걷기 시작한 돌쟁이 아기가 무엇을 얼마나 알까.

아이를 야단치는 말에 마음이 아려 왔다. 온전히 사랑만 받아도 부족한 아이인데 나와 함께 있을 때 아이는 매번 그렇게 야단을 맞았다. 아이에게 그저 미안했다. 아직 괜찮다고, 그렇게 힘들지 않다며 상대방을 피해 달아난 아이에게 속삭였다.

"괜찮아, 엄마 안 힘들어. 사랑해서 안아주는 거야. 네가 잘못한 거 아니야."

엄마의 고생을 알아주는 말씀이 고맙기는 했으나, 매번 안 좋은 소리를 듣는 아이로 만들어 고마움은 사라지고 속상함만 남았다. 배려로 했던 나의 말이 화살이 되었던 적은 없는지 되돌아보게 된다.

[마음이 웃는 말]

"미안해요. 우리도 1층 눌러준다는 걸 못 봤네."

쌍둥이 유모차를 좁은 엘리베이터에 낑낑 들이밀어 겨우 탄 후 이웃과 반갑게 인사를 나누던 찰나, 1층에서 내려야 했건만 엘리베이터는 어느새 지하 1층으로 향하고 있었다.

"아! 1층을 안 눌렀네요."

내가 멋쩍게 말하자 이웃분은 1층을 눌러준다는 것을 본인이 깜빡했다며 사과하셨다.

"미안해요. 우리도 1층 눌러준다는 걸 못 봤네."

아이 둘을 챙기기 바쁜 나를 배려해 주신 말씀이었다.

엘리베이터에서 마주할 때마다 그저 예쁘다며 사랑스러운 눈길로 아이들에게 인사를 건네주시는 어르신들이다. 아이 등원을 시키고 난 후 홀로 두 개의 자전거를 들고 엘리베이터에 탈 때면 힘들겠다고, 고생 많다고 위로해 주시며 그래도 사랑스러운 아이들과 함께할 때가 가장 행복하다고 살포시 한 말씀을 얹어 주신다.

두 분을 생각하면 미소가 지어진다. 한동안 마주치지 않아 내심 아쉬운 마음이 들었는데 마주치는 순간이 왔다. 바로 오늘이다!

"오랜만에 뵙네요! 정말 반갑습니다!"

배려의 말씀과 미소는 기쁨, 그리고 든든함까지도 느끼게 해주었다. 생각만 해도 마음 따듯해지는 이웃이 있다는 것에 감사함을 느낀다.

오연지

시간 부자를 꿈꾸며 치열한 육아 휴직기를 보내고 있는 공무원.
매일 조금씩 성장하는 '실행하는 몽상가'를 지향한다.
https://blog.naver.com/jsnk408

4

1

가정 안에서

-부모-

[마음이 우는 말]

"네가 장애인이야?"

무표정한 얼굴과 차갑던 목소리. 이십 년 전의 일이지만 아직도 엄마의 표정과 목소리가 생생히 기억나는 것은 마음 깊숙이 생채기가 났기 때문이다.

중학교 때의 일이다. 학교에서 스승의 날을 맞아 교사-학부모 대체수업이 진행되었다. 당일 수업을 맡으신 학부모님께서는 '당신은 사랑받기 위해 태어난 사람'이라는 노래에 맞추어 수

화를 배워보는 시간을 준비하셨다. 흰 장갑을 끼고 수화를 선보이는 손짓이 내 눈에는 우아하기 그지없었다. 또 처음 배워보는 동작들이 신기하고 재미있었다. 엄마께 보여드리면 분명 기특해하실 것 같아 열심히 연습했다.

하교 후 잔뜩 기대감에 찬 얼굴로 가방을 내던지듯 벗으며 엄마에게 달려가 자랑스럽게 노래를 부르며 수화를 보여드렸다. 하지만 엄마의 반응은 나의 기대와 정반대였다.

"엄마, 엄마. 이것 좀 봐. '당신은 사랑받기 위해 태어난 사람. 당신의 삶 속에서…."

"…. 네가 장애인이야?"

노래가 채 끝나기도 전에 엄마는 차가운 얼굴로 짧게 한마디 던지셨다. 냉랭한 표정에 나는 순간 할 말을 잃어버렸다. 그저 엄마를 기쁘게 해주고 칭찬받고 싶었을 뿐인데…. 당황하여 얼굴이 벌게진 채, 무안함에 어쩔 줄 몰라 방으로 들어가 소리 없이 울어버렸다. 공감받지 못한 어린 마음은 분노를 느꼈다. 깊은 상처를 받았지만 아프다고 말하지 못했다. 다만 그날 이후 나는 학교에서 있었던 일을 두 번 다시 엄마에게 이야기하지 않았다.

돌아보니 당시 내 마음의 상처만 보였을 뿐 엄마의 마음은 보이지 않았다. 일하시는 엄마가 웬일인지 낮에 집에 계시던 그날, 엄마는 웃음 지을 수 없는 사정이 있으셨던 건 아닐까. 하지만 당시 상처를 뒤로하고 엄마의 입장에서 생각하기에 나는 너무 어렸다.

그로부터 이십여 년이 지난 뒤 엄마에게 그때 왜 그렇게 말했는지 여쭤본 적이 있다. 돌아온 엄마의 답변은 허무하게도 "내가 그랬니?"였다. 슬픈 감정을 전혀 표현하지 않았기에 엄마는 딸이 상처를 받았었는지조차 모르셨던 것이다. 감정의 솔직한 나눔이 이토록 중요함을 다시금 느낀다. 홀로 감정이 상해 엄마와 속마음을 제대로 나누지 못한 사춘기 시절이 아쉽기만 하다. 다시 그때로 돌아간다면 조금 더 솔직해지고 싶다.

[마음이 웃는 말]

"마음은 아끼지만 겉으로는 내색 않고…. 그게 미덕이라 생각하고 살았지."

부모님은 맏이인 나의 첫아이를 유난히 예뻐하셨다. 눈에서 하트가 와르르 쏟아질 것만 같은 사랑이 가득 담긴 눈빛. 부모님에게 이런 눈빛이 있다는 걸 아이를 낳고 처음 알았다. 남편이 회사 야유회 참석으로 집을 비운 저녁, 아이와 친정에서 하룻밤 보내고 싶다는 딸의 전화에 부모님께서는 차를 몰고 집 앞까지 데리러 와 주셨다.

차를 타고 본가로 가는 길, 스피커에서는 평소 아이가 좋아하던 동요가 흘러나왔다. 아이는 노래에 맞춰 엉덩이를 들썩였다. 운전을 하시면서도 반사경으로 손자의 작은 몸짓을 흐뭇하게 바라보시는 아빠의 입가에는 미소가 떠나질 않았다. 하늘이 붉게 물들며 저녁이 오고 있음을 알리고 있었다. 노을을 보며 부모님은 두런두런 대화를 나누셨다. 예전엔 남들이 손주 사진을 보여주며 자랑하면 속으로 '저렇게 좋을까' 싶었는데, 요즘 당신께서 그러고 계신다며 행복한 웃음을 지으시는 아빠. 잠깐의 정적이 흐른 뒤 말씀하셨다.

"근데 정작 내 자식은 이렇게 마음껏 티 내며 예뻐한 기억이 없는 것 같네."

아빠의 말씀에 엄마는 잠시 생각에 잠기시더니 말씀하셨다.

"마음으로는 아끼지만 겉으로는 내색 않고…. 그땐 그저 그게 미덕이라 생각하고 살았지…."

엄마는 유독 자식들에게 감정 표현을 하지 않으셨다. 칭찬도, 사랑한다는 말도, 따뜻한 포옹조차 어색해하시곤 했다. 하물며 당신이 아프고 힘들 때조차 내색하지 않으셨다. 엄마의 말에는 항상 당신의 '감정'이 빠져 있었으며, 당신 자식을 아끼는 마음을 드러내는 것을 삼가곤 하셨다. 사위 앞에서조차 딸보다도 남의 자식인 사위를 더 높여주고 위해주던 엄마의 표현 방식은 그 시대를 살아낸 분들에게는 겸손의 또 다른 표현이었다. 담담히 들려오는 엄마의 말씀은 '너를 사랑하지만 그저 겉으로 표현하지 않았을 뿐'이라는 고백이었다.

'너를 누구보다 사랑한다.'

노을이 드리운 부모님의 뒷모습이 내게 그리 말하고 있었다. 두 분의 사랑이 붉은 노을빛을 타고 나와 내 아이를 따사로이 감쌌다. 부모님의 사랑 표현은 여전히 투박하고 서툴다. 하지만 이제 그 진심을 알기에, 두 분의 서툰 표현만으로도 나의 마음은 충만함으로 가득해진다.

2

가정 안에서

-부부-

[마음이 우는 말]

"결론부터 말해."

올해 4월 이사할 집을 미리 매수하였다. 전 집주인과 세입자와의 계약이 5개월 남은 상태였고, 우리는 계약 기간이 끝나면 입주할 예정이었다. 그렇게 입주하기로 한 날이 일주일 앞으로 다가왔고, 일정을 조율하는 과정에서 세입자와 마찰이 잦았다. 그날도 약속된 일정에 맞추지 않고 "나가는 일정을 늦춰 달라."며 뒤늦게 말을 바꾸는 그녀로 인해 기분이 잔뜩 언짢은 상태였다. 남편이 퇴근하고 오면 공감과 위로를 받고 싶은 마음이 가득했다. 기다리던 남편이 귀가하자, 나는 세입자와 있었던 이야기를 설명하기 시작했다. 하지만 몇 마디 듣던 남편은 나의 말을 자르며 다그쳤다.

남편: 됐고, 결론부터 말해.
나: 결론이 중요한 게 아니야 오빠. 일단 끝까지 들어봐봐.
남편: … 그냥 빨리 결론부터 말해. 내가 이렇게 말하는데도 굳이 다 얘기해야겠어?

나의 목표는 '결론'이 아닌, 세입자와의 대화에서 느낀 '감정'을 전달하는 것이었기에, 남편의 재촉에도 굽히지 않고 끝까지 이야기했다. 몇 번이고 결론부터 말하라는 남편에게 못내 서운했다. 반면 남편은 자신이 그렇게 부탁을 하는데도 굳이 끝까지 이야기해야겠냐며 본인도 마음이 상했다고 했다. 남편과 나는 서로가 이해되지 않는다며 날을 세웠다.

공감받고자 대화를 시작했지만, 결국 서로의 마음이 더 멀어지고 말았다. 누군가의 잘못으로 인한 갈등 상황이 아니었기에 대화는 더욱 평행선이었다. 나는 세입자와의 통화 내용에서 언짢은 감정에 대한 공감을 바랐고, 남편은 결론을 먼저 듣고 어떤 상황인지 빨리 파악하길 바랐다. 결국 서로를 더 이해하려 노력해 보자며 다툼은 마무리되었지만, 둘 사이 생각의 간격은 좀처럼 좁아지지 않았다.

뇌의 사고 회로가 이토록 다른 남녀이기에, 때로는 상대방의 마음을 이해하려는 노력이 필요한 것이 또한 부부일 것이다. 배우자의 감정 상태를 헤아려 공감해 주고, 상대에게 주는 말에 더욱 배려가 필요함을 절실히 느낀 경험이었다.

[마음이 웃는 말]

"덕분이야." "고생했어."

남편과 연애하던 시절, 말을 참 예쁘게 하는 그가 좋았다. 쑥스럽다는 핑계로 긍정적 감정을 말보다는 주로 행동으로 표현하는 나와는 달리 남편은 가벼운 고마움도 말로 전할 줄 아는 사람이었다. 특히 함께 밥을 먹고 나면 그가 하는 말이 인상적이었다.

"덕분에 맛있게 잘 먹었어요."

내가 계산을 했건 그가 계산을 했건 상관없이 늘 그는 이렇게 말했다. 하루는 물어보았다.

"왜 오빠가 나한테 밥 사주고 자꾸 '덕분에 잘 먹었다'라고 해?"

"너랑 함께 먹어서 더 맛있게 먹었으니까, 다 네 덕분이지."

긍정적인 감정을 표현받은 경험 자체가 적었기에, 그가 '네 덕분에'라고 말해줄 때면 내가 그에게 더욱 필요한 존재로 느껴져 자존감이 한층 높아지곤 했다. 결혼 후에도 그는 종종 말한다.

"이렇게 예쁜 아이들을 낳아줘서 고마워. 덕분에 참 행복하다."

결혼 후 그가 자주 쓰는 단어가 하나 더 생겼다. 아주 사소한 아내의 수고로움에도 남편은 이렇게 말했다.

깨끗한 집을 보면, "아기 보면서 청소하느라 고생했네."

맛있는 음식을 해주면, "요리하느라 고생했어."

퇴근하고 집에 오면 "오늘 하루도 고생했어."

존재 그 자체로 기뻐해 주고, 노력과 수고를 알아주는 남편의 말은 나의 마음을 한껏 충족시킨다. 남편의 '덕분에'와 '고생했다'는 말을 들을 때면 더 좋은 아내가, 엄마가 되고 싶다. 그와 함께하는 날들이 매일 조금씩 더 즐거워지는 이유이다.

3

가정 안에서

-자녀-

[마음이 우는 말]

"마음대로 할 거야!"

다섯 살 아들이 요즘 가장 많이 하는 말이다. 날이 쨍할 땐 장화를 신고 가고, 비가 억수같이 쏟아지는 날엔 운동화를 신고 간다는 아들. 청개구리라는 표현이 정말 딱 맞다. 한때는 매일 같은 옷을 입고 가겠다고 고집했었다. 미리 세탁을 해놓지 않은 아침이면 전쟁을 한바탕 치르곤 했다. 다그치기도 하고, 정성스럽게 설명을 해도 소용이 없었다. 최대한 부드럽게 설득해 보아도 떼를 쓰는 아이의 모습에 속상한 마음이 들곤 했다. 엄마도 엄마이기 이전에 사람인지라, 매번 거절만 당하다 보면 감정이 상하곤 했다.

하지만 어느 날 문득 이런 생각이 들었다. 나는 왜 아이가 더러운 옷을 입고 가는 것이 싫을까. 그리고 깨달았다. 더러운 옷이 창피한 건 아이가 아닌 바로 엄마인 나였다는 걸…. 아이는 그저 좋아하는 옷을 매일 입고 싶을 뿐이었다. 더러운 옷을 입고 어린이집을 간다고 발버둥 치는 아이를 볼 때면, 손가락질할 선생님과 이웃 사람들의 모습이 눈앞에 그려지곤 했다. 아이의 더러워진 옷이 마치 내가 엄마 역할을 다하지 못한다고 말하는 것만 같아 아이의 의견을 존중해주지 못했었다.

"도대체 엄마한테 왜 이래!"

설득이 먹히지 않으면 울부짖으며 아이에게 소리 질렀다. 그래도 타협이 되지 않는 날에는 결국 그냥 보낼 수 없어 옷을 빨아 다림질해 덜 마른 옷을 입혀 보낸 적도 있었다. 한겨울에도 의기양양하게 덜 마른 옷을 입고 가는 아이의 모습이 안쓰럽기보다 얄밉게 느껴졌다.

그땐 그게 아이의 욕심이라고 생각했다. 하지만 돌아보니 결국 나의 욕심이었다. 남의 시선을 의식해 정작 아이의 마음을 살피지 못한 지난날을 반성했다. '아이는 나와 별개의 인격체'

임을 되뇌며 아이의 말을 최대한 수용하려 노력한다. 그렇게 아이의 마음을 열 번 받아주면, 아이가 한 번쯤은 엄마의 뜻에 따라줄 때가 있다. 그럴 때면 아이에게 진심을 담아 말한다.

"엄마 마음도 알아줘서 정말 고마워."

본인의 판단으로 엄마에게 양보했다는 뿌듯함이 아이의 얼굴에 한껏 번져간다. 그렇게 조금씩 아이의 마음을 읽어가는 연습을 한다. "마음대로 할 거야!" 야속하게만 들리던 말이 이제는 이렇게 들린다. '엄마, 마음이 자라고 있는 중이에요.'

'엄마' 된 지 올해로 다섯 살. 부족한 엄마는 오늘도 아이와 함께 성장해 간다.

[마음이 웃는 말]

"엄마, 제가 열 세어 줄게요!"

남편과의 말다툼으로 집 안 공기가 냉랭해졌다. 사소한 대화로 시작했으나, 나는 공감을 받지 못해서, 남편은 결론부터 말하지 않는 아내와의 대화가 불편했기에 결국 서로 감정이 상해버렸다. 아들이 해맑게 엄마를 불렀지만 기쁘게 답할 수 없었다. 물끄러미 엄마를 보던 아이가 불현듯 말했다.

"엄마, 마음속으로 열을 세면 기분이 좋아진대요. 엄마 지금 화났으니까 제가 열 세어 줄게요. 하나, 둘, 셋, 넷 … 열! 이제 기분 좋지요?"

세상 진지하게 숫자를 세어 주는 아들의 동그랗고 깊은 눈망울에, 마음이 사르르 녹아내리며 웃음이 터져 나왔다. 마음을 가득 채우고 있던 분노는 온데간데없이 사라지고, 묵직한 감동이 그 자리를 대신했다. 아이에게 고마움을 전하며 누가 알려주었느냐고 물으니, 어린이집 선생님께서 알려주셨단다. 아이가 올바른 가르침을 받고 있다는 생각에 감사한 마음이 들었다.

다음 날, 담임선생님께 지난밤 일을 말씀드리며 감사 인사를 전했다. 선생님은 놀란 표정으로 감격을 표하시며 말씀하셨다.

"어머…. 어머니 저 정말 놀랐어요. 아이들이 싸우거나 화낼 때 그렇게 말해주곤 했는데, 이해하지 못하는 줄 알았거든요…. 이렇게 말씀해 주셔서 제가 더 감사해요."

아이로부터 세상을 다시 배운다. 이따금 화가 올라오거나 기분이 안 좋을 때면, 그날의 검고 작은 눈망울을 떠올리며 마음속으로 숫자를 센다. 숨을 천천히 내쉬며 하나, 둘, 셋, 넷 …. 열을 세어주는 아이의 청명한 목소리가 귓가에 울리며 이내 마음에 고요와 평온이 찾아온다.

4

우정 안에서

-10대-

[마음이 우는 말]

"너는 꼭 박쥐 같아."

나는 학창 시절 사교성이 꽤 좋은 편이었다. 특히 중학생 시절에는 한 명의 친구와 교류하는 것보다 여럿이서 왁자지껄 어울리는 것을 좋아했다. 따로 친했던 친구들도 나로 인해 함께 모여 놀곤 했다. 그런데 어딜 가나 이간질하는 아이가 있기 마련이다. 한 친구는 자기네 무리하고만 어울리지 않는 나의 성향이 못마땅했는지 이렇게 말했다.

"너는 꼭 박쥐 같아."

'박쥐'라는 말은 이리 붙었다 저리 붙었다 하는 사람을 가리키는, 부정적인 의미를 내포한 표현이다. 어린 마음에 박쥐에 비유되는 상황이 꽤 충격이었다. 당황스러운 마음에 별다른 대꾸도 하지 못하고 그 상황을 흘려보냈다. 이후에도 그 친구는 나의 험담을 하고 다녀 다른 친구들과 나의 사이가 점점 서먹해졌다. 그저 친구들을 서로 소개해 주고 함께 어울리고자 했을 뿐인데, 나쁘게만 보는 그 아이의 시선이 참으로 불편했다.

누군가를 부정적인 모양새로 규정짓는 단어는 이처럼 상대방의 마음을 소외시키고 오해를 불러온다. 나만의 잣대로써 타인을 판단하는 행위는 삼가야 함을 다시금 마음에 새겨본다.

[마음이 웃는 말]

"네 덕분에 우리 모두 친해질 수 있었어."

아마 첫 친구의 이야기만 들었다면 사춘기 소녀였던 나는 상처에 움츠러들어 내성적인 성격이 되었을지도 모르겠다. 나의 사교적인 성향을 이리저리 붙는 '박쥐'로 표현한 친구가 있었지만, 반대로 고마움을 전하는 친구도 있었다.

서로 대화해 본 적이 없어 친하게 지내지 않았었는데, 먼저 다가가 친해져 보니 성향이 꼭 맞는 친구도 있었다. 또 내성적인 성격 탓에 선뜻 먼저 나서지 못했었는데 나 덕분에 편하게 친구를 사귀고 어울릴 수 있었다고 말하는 친구도 있었다.

또 다 같이 어울려 놀면 좋은 점이 많았다. 우선 왁자지껄 시끌벅적 참 재미났다. 가뜩이나 웃음 많은 열다섯 살의 여학생들은 점심시간마다 까르르 웃음이 끊이지 않았다. 여행을 갈 때도 참 좋았다. 계곡을 가더라도 인원이 많으니 각자 준비물 하나씩이면 오케이였다. 무얼 하고 놀지 걱정할 필요 없이 그저 모이기만 해도 즐거웠다.

같은 행동을 두고도 이렇듯 다른 시선이 존재한다. 눈앞의 상황은 그저 놓여 있을 뿐, 이에 대해 긍정과 부정의 시선 중 무엇을 선택할지는 오롯이 받아들이는 이에게 달려 있었다. 나를 못마땅하게 보건, 긍정적인 시선으로 보건 그것은 내가 아닌 타인의 마음에 달려 있는 것이다. 당시에는 친구들의 말에 영향을 받곤 했지만, 성장하며 타인의 시선에 휘둘리지 않는 마음을 갖게 되었다. 어린 날의 기억들을 반추하며, 어른이 된 지금의 나는 어떤 자세와 시선으로 세상을 받아들이고 있는지 다시 한번 생각해 본다.

5

우정 안에서

-20대-

[마음이 우는 말]

"그냥 포기해."

20대 중후반 많은 젊은이들이 그렇듯, 내게도 '취업'이 지상 최대의 과제였다. 공무원이 되기로 마음을 정한 뒤 일 년간 매진했지만, 결과가 좋지 않았다. 넘치던 의욕도 자신감도 조금씩 사라져갈 때쯤, 나와 같은 목표를 가진 사람들이 모여든다는 '노량진'에서 공부하고 싶은 생각이 들었다.

서울로 올라가 작은 고시원 방을 얻고 학원에 등록했다. 회색빛의 낡은 건물들이 다닥다닥 줄지어 서 있는 경사진 동네. 젊은이들이 넘쳐나지만 활기는 돌지 않는 곳, 노량진. 그곳의 공기는 항상 무겁게 가라앉아 있었다. 목표를 이루고야 말겠다는 다짐으로 새벽에 일어나 강의를 들으러 가고, 과목별 스터디 모임에 참여하며 매진했지만, 성적은 노력만큼 올라주지 않았다. 거기에 더해 아는 이 하나 없는 타지에서의 생활은 외롭기 그지없었다.

그러던 중 대학 친구에게서 본인도 노량진에 있다며 만나자고 연락이 왔다. 반가운 친구와 함께 오랜만에 바람도 쐬고 맛있는 음식을 먹기 위해 지하철을 타고 이동하며 두런두런 대화를 나눴다. 이미 노량진에서 1년 정도 공부를 하고 있었다는 친구는 연이은 낙방에 공부를 접기로 마음먹었다고 했다. 돌연 친구는 내게 말했다.

"뭐 한다고 몇 년째 그러고 있냐? 안 될 거 붙들고 있지 말고, 너도 그냥 포기해."

"…."

친구의 입을 뚫고 나온 한마디가 가슴에 푹 꽂혔다. 온 힘을 다해 매진하고 있는 일을 아무렇지 않게 포기하라고 말하는 친구에게 어떤 대답도 할 수 없었다. 합격이라는 결과물이 있기 전까지는 노력하는 모습조차 타인의 눈에 한심하게 비치는 것이 수험생이라는 것을 너무도 잘 알고 있었다. 철커덕, 철커덕…. 규칙적인 지하철 소리만이 우리 둘 사이의 어색한 공기를 감쌌다. 친구와의 만남 이후 한동안 마음이 아렸다.

당시 몇 번의 실패를 겪은 후였기에 자신감이 매우 떨어져 있는 상태였다. 타인의 우려 섞인 조언보다는 한마디 용기를 주는 말이 간절했다. 그랬기에 친구의 말이 더욱 아프게 다가왔다. 끝이 보이지 않는 터널 속에 있는 것 같았지만, 그럼에도 나는 달리기를 멈추지 않았다. 누군가의 눈에는 미련해 보일 수 있다는 것을 알고 있었지만 내가 선택한 길이었기에 묵묵히 앞으로 나아갔다. 그리고 끝내 빛이 보였다.

젊은 날의 노력이 헛되지 않음을, 또 한편으로는 나를 걱정하는 마음으로 한 말이었음을 알기에 이제는 친구의 그 말을 담담히 돌아볼 수 있다.

[마음이 웃는 말]

"넌 할 수 있어. 응원할게."

대학 시절 많은 시간을 함께한 같은 과 선배가 있다. 성별도 나이도 달랐지만 이야기가 잘 통해 자주 대화를 나누곤 했다.

우린 졸업 후 공무원이라는 같은 목표를 향해 매진했다. 같은 시기 수험 생활을 하며, 지칠 때마다 서로에게 용기를 주며 포기하지 않도록 다독여주었다.

나보다 반년 정도 먼저 목표를 이룬 선배로부터 합격 턱을 쏘겠다고 연락이 왔다. 나는 부러움의 탄성과 축하를 건넸다. 선배는 맛있는 음식을 사주며, 공들여 적은 요약노트 한 뭉치를 건넸다. 거기엔 작은 포스트잇 쪽지가 붙어 있었다.

'연지야, 내가 했으면 너도 반드시 할 수 있어. 언제나 응원할게.'

길어지는 수험 생활로 자존감이 바닥을 치던 시기, 진심 어린 응원을 담은 쪽지 한 장에 마음이 뭉클해졌다. 선배의 정성이 온전히 들어간 손때 묻은 요약노트를 통해 후배를 생각하는 진심이 느껴졌다. 본인의 합격으로 기쁨을 만끽하느라 주변을 돌아보지 못할 만도 하건만, 힘든 시기를 보내고 있을 후배를 떠올려 준 그 마음이 참으로 고마웠다. 선배의 쪽지는 합격하는 순간까지 내 책상 한편에 고이 붙어 있었다.

8년이 지난 지금, 그는 소방관으로서 시민의 안전을 위해, 나는 사회복지 공무원으로서 지역사회 복지 향상을 위해 일하고 있다. 지친 마음에 위로와 힘을 주었던 선배를 생각하면, 다시금 마음이 푸근해진다.

6

사회 안에서

-직장-

[마음이 우는 말]

"야, 너, 오 양."

처음 공무원 조직에 들어왔을 때만 해도 어린 여직원을 하대하는 분위기가 있었다. 한 노인 회장님은 '야, 너, 오 양'이라고 나를 불렀다. 본인이 요구한 대로 업무가 처리되지 않으면 큰소리부터 내셨다. 반말은 예사였다.

"오 양, 여기 경로당에 추가로 집기가 필요하니까 이번에 꼭 배정하도록 해."

"회장님, 그 부분은 규정상 해드릴 수 있는 항목이 아니어서 어렵습니다."

"야, 방법은 네가 찾아야지. 네가 그 자리에 있는 이유가 뭐야."

시민을 위해 일하는 공직자로서 자부심을 갖고 임했고, 한 사회인으로서 존중받고 싶었다. 하지만 젊은 여직원이라는 이유로 반말에 가까운 호칭을 들을 때마다 불쾌감과 수치심이 들었다. 어르신이라는 이유로 꾹꾹 눌러 참기를 수십 번, 더 이상 두고 볼 수 없다는 판단이 들었다. 회장님께 잠깐 밖에서 말씀을 나누자고 요청했다.

"'야' 아니고 '오 주무관'입니다. 호칭 똑바로 사용해 주세요. 저는 회장님의 손녀가 아닙니다."

황당한 표정으로 나를 바라보다가 고래고래 소리 지르던 회장님의 얼굴이 아직도 생생하다. 속사포 욕과 함께 얼굴에 한가득 침 세례를 받았지만, 회장님께서는 그 이후로 다시는 나에게 함부로 하지 않으셨다.

지금은 분위기가 많이 바뀌었지만, 직장 내 성희롱·불평등 문제는 여전히 사회문제로 남아 있다. 나이와 성별에 상관없이 모두가 평등한 대우를 받는 사회가 오기를 간절히 바란다.

[마음이 웃는 말]

"바쁘면 그럴 수 있어."

출산 후 복직한 지 얼마 되지 않았을 때의 일이다. 지구대에서 한 부랑인 여성을 내게 데리고 왔다. 다른 민원인 응대로 정신없는 와중에, 전후 사정 물어볼 겨를도 없이 여자를 남겨두고 경찰관은 떠났다.

여성은 본인의 아이가 보육원에 있으며, 아이와 함께 살고 싶어 무작정 청주행 버스를 타고 왔다며 도움을 청했다. 수중에 가진 돈도 없고, 겨울이라 당장 잘 곳도 마땅치 않은 상황이었다. 순간, 같은 아이 엄마로서 안타까운 마음이 들었다.

업무적으로 엮여 있는 선배와 의논도 없이 전입신고 및 타 기관 위탁 절차를 진행했다. 다음 날, 그녀가 기관에서 도망하는 상황이 발생했다. 사실 확인 결과 그녀의 말은 모두 거짓이었다. 동정심에 이성적인 판단을 하지 못하고 실수를 저질렀다는 자책감과 동료에 대한 미안함으로 며칠간 밥이 넘어가지 않았다. 하지만 선배는 질책 대신 따뜻한 말을 건넸다.

"바쁘면 그럴 수 있어. 같이 잘 해결해 보자. 앞으로는 그런 일이 있거든 나에게 먼저 상의해 줘."

큰 실수를 한 후배를 선배는 질책이 아닌 따뜻한 말로 감싸

주었다. 선배의 말은 괴로운 마음에 큰 위로가 되었다. 진심으로 뉘우치고 있는 후배의 마음을 헤아려 준 선배에게 고마웠다. 사건은 부랑인 여성이 비슷한 수법으로 타 지역에서 또다시 전입신고를 하며 일단락되었다. 복지 업무를 수행함에 냉철한 이성을 유지하는 것이 얼마나 중요한지를 깨닫게 된 사건이었다.

'가슴은 뜨겁게, 그러나 머리는 차갑게.' 오늘도 이 말을 가슴 깊이 새겨본다.

7

사회 안에서

-이웃-

[마음이 우는 말]

"애 엄마랑 피곤해서 같이 못 다니겠네."

그녀의 입을 뚫고 나온 말이 아프게 귀에 꽂혔다. 아니 가슴에 꽂혔다는 표현이 더 맞을 것이다. 그 순간 흔히들 속되게 말하는 '맘충'이 된 듯한 기분이 들었다. 아이 엄마라는 이유만으로 나는 타인에게 폐를 끼치는 짐짝 같은 존재가 되었다.

직장 동료와 지인의 집들이를 갔다. 생후 4개월 된 딸아이를 데려가야 하는 상황이었기에 가까이 살던 동료의 차를 얻어 타고 가기로 했다. 점심 식사를 하고 즐거운 시간을 보낸 뒤 이제 그만 돌아가자는 나의 말에 동료는 조금 더 쉬다 가겠다며 늑장을 부렸다. 집안일과 저녁 준비 등 할 일이 많았지만 오랜만에 만난 동료들이었기에 그녀 말대로 조금 더 있기로 했다. 그렇게 한 시간이 더 흘렀고 헤어지려는 찰나, 아이가 배고프다며 울어댔다. 나는 그녀에게 조금만 늦게 출발하자고 부탁했다.

"가는 길에 어디 들렀다 가야 한단 말이야. 애 분유 먹이고 가면 늦어. 정말이지 애 엄마랑 피곤해서 같이 못 다니겠네."

그녀가 순간적으로 쏟아내는 가시 돋은 말에 나는 할 말을 잃어버렸다. 동승자인 나는 일정에 대해 들은 바가 없었고, 무엇보다 별다른 설명 없이 시간을 흘려보내며 본인의 일정에 나를 끼워 맞추었다는 사실이 황당했다. 아이 분유 먹일 15분을 요구했다는 이유로 이런 모진 소리를 들어야 한다니…. 배려 없는 그녀의 말과 행동에 감정이 상해 난 알아서 갈 테니 가서 볼 일 보라고 했고 그녀는 먼저 자리를 떠났다.

몇 시간 뒤 그녀로부터 미안하다며 연락이 왔다. 생각지 못한 나의 요구에 일정이 늦을까 걱정되고 순간 당황하여 말을 심하게 한 것 같다고 했다. 마음이 풀리지 않았으나 사과하는 사람에게 모질게 말할 수는 없어 알겠다고 대답은 했다. 하지만 한 번 마음에 박힌 가시는 한동안 콕콕 마음을 찔러댔다. 그녀가 아이 엄마의 입장을 조금만 헤아려 주었다면 어땠을까 하는 아쉬움이 남았다.

입 밖으로 내뱉은 말은 날아가는 화살과도 같다. 후회한다고 결코 주워 담을 수 없기에 타인에게 주는 말에는 더욱 섬세한 배려가 필요함을 그녀를 통해 다시 한번 깨닫는다.

[마음이 웃는 말]

"우리 또 봐요. 기쁘게 봐요."

내겐 언니이자 친구 같은 소중한 이웃이 있다. 처음 공원에서 우연히 만난 날부터 대화가 잘 통했다. 성향도 관심사도 달랐지만, 가슴속에 열정을 품고 있음이 느껴졌다. 그녀는 말하기와 글쓰기에, 나는 경제 분야에 열정을 쏟고 있었다. 만나서 함께 대화를 나눌 때면 헤어짐이 아쉬울 정도로 시간 가는 줄 모르게 즐거웠다. 몰랐던 분야에 대해 서로를 통해 배워갔다. 꿈을 나누고 때로는 고민을 나누며 우정을 쌓아갔다. 즐거운 만남 뒤 헤어질 때마다 그녀는 내게 이렇게 말하곤 했다.

"너무 아쉽다…. 우리 또 봐요. 기쁘게 봐요, 꽃연지 님."

'기쁘게 또 보자'라는 작별 인사는 헤어짐과 동시에 다음 만남이 기다려지게 했다. 헤어짐이 곧 마침표가 아닌 기대감이 섞인 쉼표의 느낌. 따뜻하고 달달한 작별 인사 덕분인지, 우리의 모든 만남은 즐거운 기억으로 뇌리에 남았다.

늘 애정 어린 시선으로 나를 '꽃연지'라 불러주고, 장점만을 보아주며 오롯이 나만의 빛깔과 향기를 찾아주곤 하는 고마운 사람. 언니를 생각할 때면, 김춘수 시인의 〈꽃〉이 떠오른다.

나의 이 빛깔과 향기에 알맞은
누가 나의 이름을 불러다오.
그에게로 가서 나도
그의 꽃이 되고 싶다.

그녀로 인해 아름답게 말하고 싶어졌고, 쓰는 삶을 살게 되었다. 나의 장점을 온전히 끌어내 주는 그녀와 함께 있을 때 나는 마치 꽃이 되는 기분이다. 넘치는 애정과 인정으로 마음이 기쁨과 충만함으로 가득 찬다.

어색하기만 하던 '꽃연지'라는 간지러운 호칭에 이제는 작게 미소가 지어진다. 나를 꽃으로 보아주는 그녀의 고운 말처럼, 정말로 향기 나는 사람이 되고 싶어진다.

이루미

편안한 모임, 글쓰기, 강의들을 진행하며
사랑을 연구하는 마음 벗이자 작가
https://blog.naver.com/virtue337

5

1

가정 안에서

-부모-

[마음이 우는 말]

"뭘? 똑같구먼."

내 밥상과 언니의 밥상은 분명 달랐다.

"엄마, 왜 내가 먹을 때랑 밥상이 달라?"

"뭘? 똑같구먼."

엄마는 그렇게 말씀하셨다. 억울했고 실망스러웠다. 늦게까지 공부하는 언니가 오자 엄마는 하물며 내가 좋아하는 계란 입힌 소시지, 김을 꺼내셨고 내 밥상엔 없던 것들이 놓였다. '어디에 있었던 걸까? 엄마는 왜 언니만 챙겨 주었을까?' 그런 의문과 함께 서운한 마음에 왜 내게는 안 주었냐며 엄마에게 투덜거렸다. 언니도 밉게 느껴졌다. 배는 불렀지만 나도 공평하게 존중해 주었으면 하는 생각에 마음이 고팠다. 어릴 땐 그랬다.

엄마가 되어 보니 아이 2명에게 늘 똑같은 것을 똑같은 양으로 준다는 건 어려움이 있음을 알았다. 다름에는 이유가 있었다. 언니는 나보다 늦은 시간까지 체력 소모하는 일이 많았고 내가 먹는 걸 언니는 잘 안 먹는다는 이유도 있었다. 그러나 아무리 겉으로 달라 보여도 속은 같음을 알게 되었다. 모두 건강하게 키우고 싶은 마음은 같은데 어려운 형편에 음식은 한정적이니 말이다.

"뭘 똑같구먼." 이 말은 내게 필요한 음식과 언니에게 필요한 음식이 엄마 기준에선 달랐고 필요한 것을 주고픈 그 마음은 같았기에 한 것이다. 이제는 안다. 내 큰딸도 내가 주는 음식들 보며 동생과 다르다는 말을 할 때가 있다. 나는 엄마가 그랬듯, 마음은 같다고 이야기해 준다.

그렇다. 차별한다 느낀 모습은 차별이 아닌 각 사람마다 마음으로 중요하다 생각되는 부분이 달라 다르게 해주는 것일 뿐 각자의 기준에서 똑같다면 똑같은 것이 아닐까?

[마음이 웃는 말]

"어쩜 이리 말이 좋을까? 그 말은 어디에서 그렇게 술술 나와?"

지금은 하늘에 계시지만, 엄마의 말씀들은 늘 내게 좋은 기억으로 남아 있다. 그날도 그랬다. 내가 무슨 말을 했는지보다 엄마의 만족스럽고 신기하다는 눈빛, 밝은 미소가 주는 그 기대감이 생생히 가슴에 남는다.

"엄마, 어떻게 엄마는 갈수록 예뻐져? 연세 드셔서 이렇게 예뻐셔도 되나 몰라."

"어쩜 이리 말이 좋을까? 그 말은 어디에서 그렇게 술술 나와?"

내 눈에 비친 엄마 모습이 예뻐 보여 별스럽지 않게 이야기했다가 엄마의 말을 들으니 어깨가 으쓱해지고 대단한 걸 해낸 성취감까지 들었다.

그저 엄마는 늦둥이인 나의 말들이 늘어갈 때면 신기한 것이다. 무엇보다 어리게만 느껴졌던 내가, 연세는 드셨지만 여자로서의 엄마 마음을 헤아려 말한 듯 보이니 기특했던 것이다. 누가 봐도 다 큰 내게 엄마는 그랬다. 이유야 어찌 됐든 내 기는 그렇게 쑥쑥 자라나 자존감까지 높아졌다. 말을 잘한다 느끼는 건 관계 속에서 참 중요한 역할을 했다. 늘 말을 통해 관계가 이어지기 때문이다. 물론 말로 실수도 하지만 좋은 말들에 담긴 믿음과 마음을 소외시키지 않는 비폭력대화를 배움으로 바로 잡아 갔다. 비폭력대화는 마음을 웃게 하는 대화다. 엄마는 자주 내게 그런 느낌을 주셔서 그런지 그런 대화 공부가 참 좋았고 좀 더 마음이 섬세하게 채워지는 느낌이었다.

마음을 웃게 하는 말은 다양한 느낌과 욕구가 건강하게 잘 자라도록 영양제 역할을 해준다는 걸 그날의 경험으로 알게 되었다.

2

가정 안에서

-부부-

[마음이 우는 말]

'말없이 나가버렸다.'

표현에는 단순 언어뿐 아니라 행동언어도 있다. 그날 신랑의 행동언어는 나를 당황스럽게 했고 후회스러운 마음이 들게도 했다.

결혼하고 몇 개월 후 남편은 사업이 어려워지자 술을 마시는 횟수가 늘었다. 난 그런 사정을 몰랐기에 남편의 모습을 보는 게 힘들었다. 하루는 몸을 가눌 수 없을 정도로 술을 마신 남편을 술자리에서 집까지 데리고 오며 이해가 되지 않아 속상한 마음들을 늘어놓았다. 고개를 떨구기만 한 채 아무 말 않던 남편이 밖으로 나갔다.

좀 지나 나가봤지만, 어디에도 없었다. 밤이라 이곳저곳 돌아다니기도 무서웠지만, 걱정도 되고 당황스럽고 속상했던 나는 친정으로 가고 싶은 생각이 들었다. 그러나 그 시간엔 어디로 움직이기도 어려웠다. 눈물이 났다. 그렇게 한참 후 남편은 돌아왔다. 그리고 말했다. "사기를 당했어. 그래서 다 날릴 것 같아. 회사도, 집도, 차도…. 미안해."

'그동안 혼자서 얼마나 가슴앓이를 했을까? 내게 왜 말하지 못했을까?' 생각하니 미안했다. 남편을 안으며 하염없이 울었다. 그 이후 남편이 한 말은 내 마음을 충족시켜주었고 경제적 어려움은 시작되었지만, 서로를 아껴주는 마음은 더 생겨났다.

[마음이 웃는 말]

"한결같이 곁에 있을게요."

연애 때부터 지금까지 늘 남편을 존경했다. 그런 그가 사업의 어려움으로 언쟁 중에 집을 나가는 실망스럽고 당황스러운 행동을 한 건 처음이었다. 그때 대화하며 서로의 아픈 마음을 나누었다.

"당신이 잠시지만 그냥 나가버려서 많이 당황스럽고 속상했어요. 순간 혼자 된 듯한 기분도 들고 처음 겪는 일에 어떻게 해야 할지 막막하기도 했어요. 다음엔 나도 당신 아프지 않게 내 마음 잘 전달할 테니 당신도 잠시라도 그렇게 그냥 나가지는 말아줘요."

"미안해요. 앞으로는 한결같이 곁에 있을게요."

남편의 마지막 그 말이 내게 힘이 되었던 건 그 이후 그는 더 열심히 살고 더 가정적이었으며 단 한 번도 내 곁을 떠난 적이 없기 때문이다. 나 역시 남편을 세워주는 말들을 하고 속상한 일은 서로 마음 다치지 않게 잘 표현하려고 노력했다. 그런 서로의 노력이 가정 안의 안정감을 주었고 어떤 경제적 어려움도, 엄마가 위독한 상황이 되었을 때도 잘 헤쳐 나갈 수 있는 힘이 되었다.

그날은 그토록 울고 절망스럽게 힘겨웠던 마음이 서로의 마음을 알고 원하는 것을 나누니 마음이 연결되는 부부가 되는 기회가 되어 참 다행이었다. 앞으로 어떤 일들이 우리에게 주어진다 해도 불만보다는 서로가 원하는 부분을 알아주고 서로 채워주며 살아가고 싶다.

비폭력대화 공부를 통해 우리 부부는 좋은 것도 안 좋은 것도 서로를 좀 더 배려하며 표현할 수 있게 되었다. 그건 상대보다도 나 자신에게 참 좋은 대화법이었다. 일단 안 좋은 상황에서 비폭력대화를 몰랐을 때보다 화가 많이 안 난다. 서로의 말과 행동, 상황보다도 서로가 느끼고 바라는 것들을 보려 하기 때문이다. 그런 시선으로 화가 날 때 마음을 진정시킬 수 있으면 부부 사이 갈등은 줄어들 수밖에 없다.

평화로운 상태로 한결같이 함께 갈 수 있는 데에는 갈등 상황에서 어떻게 대화하는지가 참 중요한 역할을 한다. 심리적으로 물리적으로 가까이 있는 부부 사이는 갈등이 일어날 가능성이 크기에 대화 공부는 꼭 필요한 것이라 생각이 든다.

3

우정 안에서

-20대-

[마음이 우는 말]

"얜 자기중심적이야."

중학교 동창 모임에서 있었던 일이다. 말수가 적고 늘 나의 이야기며 내가 원하는 것을 잘 들어주던 친구가 다른 친구들 앞에서 한 말이다. 내게는 개인적으로 단 한 번도 그런 이야기를 한 적 없던 친구가 그렇게 단체 앞에서 웃으며 나에 대한 발언을 했다.

"얜 자기중심적이야."

"…."

순간 얼굴이 빨개지고 마음은 당황스럽고 민망했다. 날 존중하는 느낌이 들지 않아 왜 그러는지 이해할 수가 없었다. 그러나 말을 할 순 없었다. 지금에서야 내가 왜 말을 할 수 없었는지 구체적으로 알았지만 그때는 무의식적으로 알았나 보다. 그 당시엔 그 친구가 평상시 나를 참 잘 배려해 준다 생각했기에 그렇게라도 자신의 진심을 표현해서 내가 알 수 있어 다행이라고도 생각했다. 그래도 그 방식은 지금 생각해도 아프다. 개인적으로 말해주었으면 더 잘 받아들였을 것이다.

지금도 내 주위에는 날 그렇게 배려해주는 친구들이 많다. 말하지 않아도 서로의 마음 균형을 잡기 위해 늘 노력하려 한다. 관계 안에서 서로의 배려와 말도 주거니 받거니 균형이 맞아야 함을 상담 공부를 통해 조금은 알았다. 그리고 지금은 관계 안에서의 다양한 마음을 연구하고 여러 모임에 적용하다 보니 그런 부분들이 더욱 중요하다는 생각이 든다. 주고받는 말과 배려도 균형을 맞춰야 하고, 서로가 함께 대화하는 법도 배우고 노력하면 더 잘 이루어진다는 것도 알게 되었다.

충분한 마음 균형 속의 자기중심은 자기중심적이 아니라 높은 자존감으로 연결된다.

[마음이 웃는 말]

"널 닮고 싶어."

8남매 중 막내인 나는 한 친구를 본받고 싶었다. 그 친구는 장녀답게 참 속이 깊고 책임감도 강했다. 그런 모습이 참 좋았던 친구가 내 싸이월드에 나에 대한 한 줄 평을 그렇게 남겼다. 그 친구 외에도 여러 친구가 그런 이야기들을 해주었다. 내가 좋아하고 본받고 싶은 친구가 내게 그런 이야기를 하니 더욱 감동이었다. '이 친구도 내게?' 이러면서 좋아한 기억이 난다.

서로 친해지며 서로의 다른 모습이 참 매력으로 느껴졌고 서로는 닮아가려고도 했다. 그러나 그렇게 될 수는 없었다. 그 친구처럼 말없이 배려하고 속 깊게 헤아리는 일은 참으로 어려운 일이었다. 그 친구 역시 나처럼 순간순간 대화로 마음을 풀어내는 건 어려운 일이었을 것이다. 그렇게 서로 닮아가려는 과정은 서로를 이해하는 일이 되기도 했다. 자라온 환경이 다르니 살던 대로 사는 것이 가장 편하고 자연스러움을 그 과정에서 느꼈다. 그 친구는 상대의 마음을 속으로 헤아리는 것이 편했고 나는 대화를 통해 헤아리는 것이 좋았다.

그렇게 다른 우리가 만나 크고 작은 희로애락 상황이 생겼을 때 속으로 헤아리는 것도, 겉으로 표현하는 것도 서로에겐 조금씩 가능해졌고 다른 이들에게도 할 수 있는 힘이 생기기도 했다. 지금도 그 친구처럼 나와 다른 성향의 사람들과 일을 원활하게 할 수 있게 된 것도 그 친구와의 오랜 우정 덕분이다.

참 달라도 충분히 아름답고 조화로운 우정을 만들어 갈 수 있음을 알게 해 준 친구다.

4

우정 안에서

-30대-

[마음이 우는 말]

'단체 침묵'

여러 타지를 다니며 소중한 친정과 벗들이 멀어졌다. 몸이 멀어지면 마음도 멀어질 줄 알았으나 그들과 온라인 모임을 시작하니 마음도 더 친밀해졌다. 그래서 다양한 온라인 모임들을 만들게 되었다. 그 안에서 한 번은 일과 마음에 대해 글을 남겼는데 단체 침묵이라는 몹시 아픈 경험을 했다. 대부분의 단톡방들처럼 답을 잘 안 하는 문화가 있었지만 그 팀은 그러지 말고 서로 소통하려는 노력을 하자는 모임이기도 했기에 내 마음에 실망과 아픔이 동시에 왔다. 누구나 말 한마디도 존중받고 싶은 게 사실이다. 그러려면 말도 잘 전해야 한다. 그리고 침묵도 언어라는 사실을 알아야 했다. "당신의 침묵을 이해 못 하는 사람은 당신의 말도 이해 못 할 가능성이 많다."라는 앨버트 허버드의 명언처럼 침묵도 표현되는 중요한 언어임을 그때의 경험으로 알 수 있었다.

처음 겪는 내겐 누구도 의도하진 않았지만, 칼날에 베인 듯한 아픔이었다. 단톡방에서 내가 남긴 글에 아무도 대답을 하지 않자 그 이후에 나도 그들에게 아무런 글을 남길 수 없어 잠시 모임을 중단하고 점검의 시간을 갖자고 했다. 지금껏 조금씩 쌓인 것들이 그 순간에 모두 흘러나와 마음이 힘겨웠다. 그들에게 다른 언어로 글을 써야 할 것 같은데 알 수 없었고, 그 당시엔 존중받지 못했다는 느낌과 민망함, 위축되는 마음들이 생겨 알고 싶지도 않았다. 모두가 걱정되어 내게 연락하기 시작했다. 당장은 너무 아파 그들에게 아픈 말을 하게 될 것 같아 받을 수 없었다. 조금만 기다려 달라고 한 후 한 분 한 분 연락을 드려 내 마음을 전했다. 미안해하고 고마워하는 친구들도 있었지만, 관계가 끊어지려는 위기의 친구도 있었다.

모두가 과정이었다. 그 이후 침묵 명언 공부와 내 마음을 헤아린 친구들의 노력으로 침묵을 대하는 마음이 달라졌고 모임은 다시 더 잘 이어졌다. "침묵은 금이다."라는 이 말이 침묵을 헤아리는 마음이 금처럼 빛나는 관계를 만들기도 해준다는 의미처럼 느껴지기도 했다.

[마음이 웃는 말]

"역시 넌 천재야!"

다양한 모임들을 진행하며 온라인상에서 일상을 글로 쓰고 책으로 만들어 작가가 되었다. 작가가 되어 강의 장도 만들게 되었는데 그 이름을 짓고 전달하는 과정에서 한 언니에게 들은 말이다.

"언니, 크리스탈은 여러 가지 빛깔을 가졌대. 그래서 참 아름답잖아. 그런데 그 아름다운 빛깔들이 온전히 함께 가려면 그걸 조심히 다루어야 하듯 우리 팀도 그랬음 했어. 가까이서 일할수록 서로 배려하고 예의를 갖춰주면 서로의 아름다운 빛깔을 유지해 갈 수 있지 않을까?"

"역시 넌 천재야!"

나를 섬세하고 깊이 있게 이해해 주는 언니이기에 그 말이 더 와닿았고 내 마음 안에 천재성을 꺼내주는 것 같아 고맙기도 했다. 그 이후로 무엇을 기획하든 사람들이 모여 글을 쓰게 되고 그 글이 책으로 만들어져 나오는 건 더 쉬웠다. 천재라는 말이 기획의 여왕이라는 말까지 낳게 했다. 기획의 여왕뿐일까?

자신이 믿고 좋아하는 사람의 말은 참 생명력이 있다. 그런 사람이 어떤 말을 해주었느냐는 내가 어떤 사람이 되는지를 결정짓는 중요한 요소가 된다. 늘 그런 분이 곁에 있다는 것은 삶에 활력을 주는 일이다.

5

사회 안에서

-학교-

[마음이 우는 말]

"낙동강 오리알 되고 싶어?"

초등학교 때부터 공부보다는 밖에서 놀기를 참 좋아했다. 그 중에 고무줄은 쓰러지도록 한 기억도 난다. 그러다 중학교에 들어가자 공부도 잘하는 어엿한 숙녀가 되어보겠다고 결심을 한다. 그런 내게 강한 믿음과 사랑을 보여 준 한 선생님 덕분에 성적으로는 뒤에서 놀던 내가 앞에서 노는 아이가 되었다. 그렇게 열심히 하다 해이해진 날 보며 하신 말씀이다.

순간 놀랐고 내가 뭘 잘못했나 싶고 실망을 드렸구나 싶었다. 믿고 기대하던 선생님께서 풀어진 내 모습에 불안해지셔서 하신 말이란 생각이 든다. 그 마음이 내게도 전해져 내 마음도 편하지는 않았고 처음 때처럼 인정받고 싶은 마음에 또 열심히 공부했다. 지금도 그럴 때가 있다. 주의하려는 마음이기도 하다. 우린 누구나가 있는 그대로 존중받기에 충분하지만 때론 어떤 조건이 주어졌을 때 인정을 받는다. 그 부분이 조금은 아쉬울 때가 있다. 있는 그대로 존중받고 인정받는다면 성공했을 때 공허감을 덜 느끼지 않을까. 뭔가를 해야만 인정받는 느낌은 성공해서도 계속 들 것이기 때문이다.

학창 시절의 학습능력에는 학생 스스로의 동기, 선생님과 부모님의 믿음과 지지, 함께 공부하는 동기들 간의 협력이 중요한 역할을 한다. 무엇보다 학창 시절 좋아하는 선생님의 말 한마디는 학생의 학습능력에 부모만큼의 중요한 역할을 한단 생각이 든다. 선생님과 부모가 하는 실망의 말보다 믿어주는 말이 좋다. 그 믿는 말이 존재 자체로 인정해 주는 말이기를 바란다.

좋아하는 사람 가운데 선생님과 같은 전문가의 말은 그게 좋은 것이든 안 좋은 것이든 스펀지처럼 잘 받아들여진다. 나도 누군가를 가르칠 땐 더 세심히 존재 자체를 배려하고 인정해주어야겠다 싶었다.

[마음이 웃는 말]

"오늘 수업은 루미만 주의 깊게 잘 들었군요."

중학교 때 수학 선생님이 내게 하신 말씀이다. 수학을 좋아하거나 잘하진 않았지만 그날은 수업을 잘 들었는지 우연인지 답을 맞혔다. 더군다나 모두에게 발표를 시켰으나 오답이었고 마지막으로 내가 발표했는데 맞은 것이다. 나도 놀라웠다. 그리고 내겐 충족된 말이 누군가에겐 소외되는 말이 되기도 하겠구나 싶었다. 수학에 흥미 없던 내겐 필요한 말이었다. 수학 선생님의 칭찬에 부끄럽기도, 어깨가 으쓱해지기도 했다.

그날 이후 나의 몸과 마음은 수업을 잘 듣는 아이처럼 작동되고 있었다. 실제로 수학 성적도 놀랍게 올랐고 수학이 재밌기까지 했다. 선생님도 좋았다. 신기하다. 말 한마디에 과목도 사람도 좋아지기도 한 경험이다.

내게 격려의 말씀들을 해주신 고마운 분이기에 30년 가까이 지난 지금도 생생히 기억에 남는다. 사람을 세워주는 말은 살아있는 말이란 생각이 들었다. 그래서 오랜 시간이 지나도 생생히 기억에 남는다. 그것도 생각지 못한 순간에 들었을 땐 더하다.

격려의 힘은 크지만 어느 날 갑자기 들을 땐 뜻밖의 기쁨으로 더 큰 힘을 발휘한다.

6

사회 안에서

-직장-

[마음이 우는 말]

“무슨 일이에요? 누가 그랬어요? 왜 그런지 다 말해 봐요.”

사람과의 관계에서 크고 작게 힘든 일들이 일어난다. 힘들어하는 날 보며 동료가 다양한 질문들을 해준다. 걱정과 관심의 질문은 감사한 일이다. 하지만 그날은 많이 부담스러웠다. 단둘이 있는 상황도 아니고 사람들 있는 데서 그렇게 물으니 참 불편했다. 그런 마음이라 답변도 곱게 나가지 않았다. “알 필요 없어요.”라고 나는 말했고 그 동료는 서운해했다.

많이 안타까웠다. 그 동료도 날 생각하는 마음이었을 것이다. 나 역시 그 마음을 알기에 고마웠지만 그 방식 때문에 민망해지고 말하기 부끄러워졌다. 그러다 보니 서로가 각자 마음을 보호하고픈 것에서 나온 말들이 점점 멀어지게도 했다는 생각이 든다.

상담에서도 주의해야 할 것 중 하나가 심문하듯 질문하는 것이다. 그때의 상황이 내겐 단체 앞에서 심문받는 느낌이었다. 그리고 나는 그런 적이 없는지 되돌아본다. 때론 있었다. 배우고 알게 된 걸 알려주고 싶은데 직접적인 말보다는 질문을 통해 하는 게 더 좋을 거라 생각했다. 아무리 좋은 말로 해도 스스로 원해서 하게끔 하는 배려보다는 못하다는 걸 알았다. 분명 저 말들은 관심의 따뜻한 질문들인데 상황이나 방식에 따라서는 달리 느껴질 수 있다는 걸 위 경험을 통해 알았다. 지금의 나라면 좀 더 고마운 마음이 느껴지게 잘 말할 수 있겠지만, 단체에서 말할 때에는 서로 조심해 주어야 함도 다시 한 번 느낀다.

[마음이 웃는 말]

"호랑이는 가죽을 남기고 사람은 이름을 남긴다는데, 선생님은 이름을 남겼어요."

홈스쿨 교사와 강사 일을 그만두고 육아를 하다 다른 새로운 일을 하던 중에 전 직장 상사분이 전화해 그런 말씀을 해주셨다.

"어머, 지국장님 웬일이세요?"

"선생님 요즘 뭐 해요? 다시 일할 생각 없어요? 호랑이는 가죽을 남기고 사람은 이름을 남긴다는데, 선생님은 이곳에 이름을 남겼어요. 최근에 새로운 선생님이 오셨는데 오래전 선생님의 가르침을 잘 받아서 선생님과 같은 교사가 되어야겠다고 다짐했대요. 그래서 이번 스승의 날 행사에 선생님을 향한 감사편지를 발표하셨어요."

새로운 일에 잔뜩 주눅 들어 있고 의기소침해 있던 내게 자신감을 불어넣어 주는 말씀이었다.

그만둔 지 5년이 지난 곳에서 이런 전화를 받는 건 영광스러운 일이었다. 그런 전화를 받게 해 주신 기존 나의 회원 분께도 참 감사했다. 나의 교육이 아이와 자신에게 좋은 영향을 주었다며 회사에서 주최하는 스승의 날 기념행사에서 나를 향한 편지를 썼다고 한다. 눈물이 났다.

정말 즐겁고 행복하게 일했었는데 그것이 회원분에게도 느껴져 한참의 시간이 흐르고도 이렇게 마음을 전해주신 것에 깊은 뿌듯함과 감사함이 들었다. 새로운 일에 적응하던 때라 '그래, 나 이렇게 일 잘하는 사람이었는데 열심히 다시 해 보자. 정말 잘 해 보자.' 싶은 마음이 가슴에서부터 흘러나왔다.

누군가 전한 감사의 마음을 듣고 전해준 이의 마음도 참 멋지다는 생각이 들었다. 나도 누군가에게 고마움을 느낀다면 늦게라도 자세히 잘 전해야겠다는 생각이 들었다. 먼 훗날 받은 마음은 큰 선물을 받은 듯한 기분이 들게 하니까. 또 상황에 따라서는 마음의 약이 되어주기도 하기에 그런 마음은 참 소중하다는 생각이 든다.

7

사회 안에서

-이웃-

[마음이 우는 말]

"하윤 맘은 나의 롤 모델이에요."

이 말은 누가 들어도 웃는 말에 가깝게 느껴진다. 그때의 나는 타지에 살며 나와 마음이 맞는 사람이 그리웠다. 내게 뭔가 배우려 하고 본받으려는 사람들은 그 당시 나랑 너무 달라 보였다. 내가 추구하는 삶과는 다른 모습이거나 다른 생각들이었다.

"난 지금껏 만나온 사람들 중에 하윤 맘 같은 분은 처음 봐요. 아이를 대하는 거나 말하는 걸 들으며 참 많이 배워요. 하윤 맘은 나의 롤 모델이에요."

"그래요? 고마워요."

그렇게 고마운 마음도 있었지만 그들 사이에 있는 것이 이질감이 느껴지고 배워온 것들과 다른 모습에 스스로 그런 모습 보는 것이 힘들기도 했다. 그런 마음이니 저 말을 들을 때에도 그리 좋지 않았고 오랜 벗과의 통화에서도 비슷한 느낌을 받으니 눈물이 났다. 상담에서 배운 이론대로 하고 싶은데 실상 실천하는 사람들은 많지 않았고, 실천하며 힘겨움이 올 때면 공감받으며 의지할 곳이 없었다. 그렇게도 외로움은 온다. 내가 알고 있는 것과 또 그 어려움을 함께 나누고 싶은데 그걸 나만이 갖고 있다는 생각에서다. 지금 생각해 보면 그렇게 표현해준 마음들이 참 고맙다.

그런 경험들을 통해 흐름을 타는 것이 편안함과 행복감을 더욱 준다는 것을 알게 되었다. 흐름을 타며 나답게 가려는 지금은, 그때 옳다고 스스로 생각하는 방향으로만 가려는 마음보다 훨씬 편안하고 좋다. 통계적으로 과학적으로 뭔가 증명되었다는 것에 집중하기보다 지금 내 앞에 있는 이웃의 삶을 온전히 바라봐 주는 마음이 스스로에게 좋다는 것을 알았다.

롤 모델의 삶보다 곁에 있는 사람들과 같은 모습, 같은 생각으로 서로 공감하며 웃으며 울며 편안하게 살고 싶다. 그래서 지금이 그냥 좋다. 나와 같은 사람이 있다는 건 참 힘이 된다.

[마음이 웃는 말]

"모녀가 나누는 대화가 참 따뜻해요."

놀이터에서 우연히 마주친 이웃 동생은 나와 큰딸의 대화가 참 인상적이라며 저 말을 해주었다. 큰딸은 이렇게 말했다.

"엄마 우리 집에 사는 것이 참 행복해. 엄마도 아빠도 다윤이도 참 좋아서."

"우리 집이 행복한 건 하윤이 덕분이야. 너로 인해 우리 집이 참 좋고 엄마도 행복하거든." 우리 입장에선 그냥 일상 대화를 한 것뿐인데 그걸 사랑 돋게 바라보며 칭찬해 주니 예상치 못한 칭찬에 갑작스러운 감동이었다.

그 이후로도 함께 만나며 그녀는 나의 말이 곱다며 내가 하는 말공부 모임에도 들어오고 아는 사람들도 많이 데리고 왔다. 그녀는 모르고 있는 것 같았다. 사람들이 그녀의 말을 믿고 모임에 들어오는 것은, 그녀의 말에도 따스한 햇살 향기가 있기 때문이라는 걸.

그뿐일까? 그녀의 집에 가면 늘 따스한 커피와 음식들이 준비되어 있거나 정성스레 차려져 있다. 칭찬도 격려도 모두 본인 안에 있다는 것이 그 식탁 위에서 그대로 보였다. 그녀가 내게 한 말이 곧 그녀의 모습이었던 것이다. 그래서 따스한 마음과 음식을 먹으러 그녀 집에 자주 간다. 사랑과 존중을 듬뿍 먹은 느낌을 주는 그녀가 참 고맙다.

그녀가 주는 음식들은 모두 따스함을 머금고 있어 그것들이 내 안으로 채워지는 느낌이다.

이미영

상담, 복지, 연구 그리고 나눔을 위해
대구상담복지센터를 운영하고 있다.
www.cowell.or.kr

6

1

가정 안에서

-부모-

[마음이 우는 말]

"네가 안 간 거지!"

고등학교 2학년 봄, 수학여행 준비로 한창 들뜬 교실에서 고민이 많았다. 돈 때문에 수학여행을 못 간다고 말을 할 수가 없었다. 친구들이 수학여행 간 날, 학교에서 자습했다. 어떤 생각으로 무엇을 하며 그 긴 시간을 보냈을까? 그 아이가 참 안쓰럽다.

20년 전쯤 가족여행 장소로 설악산이 언급되었다.

나: 나는 설악산 간 적이 없는데, 이번에 가면 좋겠다.

작은동생: 고등학교 때 수학여행 갔잖아.

나: 아니, 난 못 갔어.

큰동생 :왜 못 갔는데?

나: 돈이 없어서 못 갔지.

엄마: 네가 안 간 거지. 돈이 없어 못 가긴 뭘 못 가.

부모님은 돈 때문에 참 많이 싸우셨다. 속 깊은 맏딸은 수학여행 경비로 싸우실 부모님 걱정으로 알아서 '아픈 아이'가 되었다. 아프다는 핑계로 수학여행 면제권이 주어졌다. 나는 수학여행을 못 간 것임에도 부모님은 내가 안 간 것으로 기억하고 있었다. 서럽고 억울했다. 그런데 이것 또한 나의 착각이었다.

누구도 나에게 수학여행을 못 가도록 한 사람은 없었다. 부모님이 나로 인해 싸우지 않기를 바라는 마음에서 자발적으로 내가 선택한 것이었다. 혼자 생각하고 결정한 결과였다. 살면서 누구 때문이라고 탓하고 싶을 때도 많다. 그러나 이제는 나의 선택, 나의 결정임을 안다.

[마음이 웃는 말]

"내 딸, 교수야!"

엄마는 다른 사람에게 기분 좋은 말을 못 하시는 분이다. 즐거운 마음으로 엄마와 이야기를 하다 보면 어느새 짜증이 올라온다. 엄마의 말은 가슴에 새겨지고 아프다. 그런 엄마에게 들었던 말 중에 마음이 따뜻해지고 충족되었던 말을 찾기 위해 생각하고 또 생각했다. 정말, 없었다.

그래서 겨우 찾아낸 말, "내 딸 교수야!"

그날 엄마의 통화 상대가 누군지, 무슨 말이 오갔는지 모르지만 "내 딸, 교수야!"라고 말하던 엄마의 밝은 목소리에 얼음이 되었다. 내가 알던 엄마가 아니었다. 그 한마디로 엄마가 나를 자랑스럽게 생각하고 있다는 것이 온전히 느껴졌다.

당신이 하지 못한 것들을 자식이 이루어주기를 바라는 욕심 많은 엄마이다. 칭찬을 해주면 자만하고 노력하지 않을 것 같은 불안이 있으셨다. 더 열심히 하기를 바라는 마음을 날카로운 말로 독려하는 엄마다. 그런 엄마가 머리로 이해는 되었지만 억울한 마음까지는 해결되지 않았다. 몇 번이나 서럽게 통곡을 한 적도 있다.

20대 초반부터 상담 공부를 하면서 내가 나를 더 이상 상처

주지 않기로 선택을 했다. 나를 위해 진심으로 엄마를 용서했다. 그 덕분에 나 또한 엄마께 용서를 구할 수 있었다.

여든을 바라보는 엄마는 여전히 아픈 말들을 생각 없이 쏟아내신다. 엄마의 말들이 이제는 가슴을 후벼 파거나 생채기를 내지는 않는다. 그 말 속에 담긴 엄마의 마음을 느낄 수 있다.

2

가정 안에서

-부부-

[마음이 우는 말]

"앞으로 밥솥에 손대지 마!"

양가 집안 어른의 소개로 만난 남편과 백 일 만에 결혼을 했다. 결혼 생각이 없던 나의 결혼 소식에 주변 사람들은 만우절 농담쯤으로 반응을 했다. 상담 공부를 하면서 사람은 변화가 가능하다는 믿음이 생겼고, '행복한' 결혼생활을 할 자신이 생겼다. 그러나 남편은 내담자가 아니라는 것을 그때는 알지 못했다.

새벽까지 일을 하고 잠이 든 나는 뭔가의 소리에 본능적으로 벌떡 일어났다. 불려놓은 쌀을 보는 순간, 밥솥에는 밥이 없다는 사실과 남편의 아침밥 걱정에 정신이 번쩍 들었다.

그 찰나에 등 뒤에서 들려오는 말, "앞으로 밥솥에 손대지 마!"

'정말! 이제 밥을 내가 안 해도 돼?', '아니, 꼭 저렇게 표현을 해야 하나?', '씻는 동안 밥이 되도록 버튼을 눌러 놓고, 조금 늦게 가는 것도 방법이잖아.'라는 생각이 휘리릭 헤집고 지나갔다. 다행히 입 밖으로 그 생각이 쏟아지기 전, '새 모이만큼 먹는 밥이 참 중요한 사람이지.', '자신이 나가야 하는 그 시간에 나가야만 하는 사람이지.', '불안함이나 두려움을 극단적으로 느끼고 표현하는 사람이지.' 하는 생각이 들었다. 그날 아침 아무 일 없었던 것처럼 지금까지도 밥솥에 버튼을 누르고 있다.

눈앞에 펼쳐지는 상황이나 상대의 말과 행동 때문에 쉽게 내 마음이 요동을 친다. 기분이 좋아지기도 하고 우울해지기도 한다. 순간 행복해지는 것은 더할 나위 없이 좋지만, 상대로 인해 내 기분이 나빠지는 것은 멈추고 싶었다. 누구도 나의 허락 없이 소중한 나에게 상처를 줄 수 없다. 오늘도 나를 지키기 위해 나는 상대의 마음과 만난다.

[마음이 웃는 말]

"갔다 와."

나는 갈등을 매우 싫어한다. 30년 전부터 별칭을 '평정'이라고 사용할 만큼 마음의 고요함이 중요하다. 만일 문제나 상황을 해결할 때 갈등이 생긴다면 양보하거나 포기를 선택한다. 그래서 다른 사람들이 볼 땐 욕구 표현이나 주장을 하지 않는 것처럼 보인다. 하지만 나는 원하는 것을 하고 사는 여자다.

큰아이가 중학교 1학년 겨울방학 때, 4박 5일 동안 비용도 제법 부담이 되는 워크숍이 있었다. 결혼 후 일 때문이라도 1박 이상 외박을 해 본 적이 없다. 출장을 갔어도 서울과 대구를 오가며 강박적으로 엄마와 아내 역할을 했지만, 이번엔 남편이 오롯이 5일 동안 두 아이와 친정아버지 식사까지 챙겨야 했다. 그러나 워크숍에는 꼭 가고 싶었다. 이런저런 걱정으로 조금은 어렵게 남편에게 이야기를 했다.

그런데 의외로 가볍게 "갔다 와."라는 답변을 듣고 내심 놀랐다.

은행에 돈을 저축해두고 필요할 때 인출해 쓸 수 있는 것처럼, 사람들과의 관계에서 저축해둔 것들도 필요한 적시에 인출이 가능한 것을 안다. 내가 원하는 것들이 있고, 남편도 원하는 것이 있다. 그것은 다르다.

남편은 자연인을 꿈꾸며 자유를 갈망한다. 남편은 친구들과 밤늦게 술을 마시며 이야기하는 것을 좋아한다. 노래방에 가는 것도 무척 좋아한다. 새벽에 귀가하는 경우도 많다. 남편이 좋아하는 것, 하고 싶은 것을 할 수 있도록 허용한다.

나는 끊임없이 배우고 성장하기를 희망한다. 공부하고 싶은 것이 있으면 며칠이든, 어디든 가고 싶다. 사실, 결혼을 하고 전공을 바꿔 석·박사학위를 취득했다. 내가 남편의 의견이나 결정을 지지해 준 시간들을 돌려받았고, 내가 하고 싶어 하는 마음을 존중받았다.

좋은 추억, 아름다운 말, 부드러운 미소 그리고 함께하는 시간 등을 저축하려고 노력한다. 부부로 살아가는 동안 서운하거나 분노를 자극할 때 그리고 하고 싶은 것이 있을 때, 소소하게 인출해서 쓸 요량이다.

3

가정 안에서

-자녀-

[마음이 우는 말]

"엄마가 된다고 했잖아!"

누군가가 부탁이나 제안을 하면 가능한 한 들어준다. 부탁하는 그 마음이 느껴지고 그것이 필요할 것이라는 믿음이 있다. 물론 할 수 없는 범위의 것은 해줄 수 없다.

큰아이는 자신이 원하는 것을 잘 표현한다. 고등학교 입학을 앞두고 드라마 〈SKY캐슬〉의 에서 엄마(염정아 역)처럼 엄마 역할을 해 달라는 요구를 했다. 바빠도 딸이 말하는 것들은 거의

해 주려고 한다.

일정과 달리 일찍 하교하게 된 날 아침, 딸아이가 마치는 시간에 데리러 올 수 있냐고 물었다. 학교에 데리러 갈 수는 없지만, 수업을 마친 후 '바로 나와' 버스를 타고 집 근처 정류장에 도착하면 집까지 태워줄 수 있다고 상황을 설명했다.

종종걸음으로 일을 마치고 눈썹을 휘날리며 버스정류장으로 갔다. 예상 도착 시간이 지나가자 마음이 불안해졌다. 만나는 장소를 변경해서라도 태워줄 요량으로 아이에게 빨리 움직일 것을 재촉했다. 결국 데려다주지도 못하고 차를 돌렸다. 순간 화도 나고 억울했다. 그 마음을 표현하자 딸에게서 날카로운 한마디가 날아왔다.

"엄마가 된다고 했잖아! 그럴 땐 안 된다고 해야지."

정말 제대로 한 방 맞은 기분이었다. 상대가 부탁을 하거나 표현을 하면, 저절로 상대의 마음을 헤아리게 된다. 내가 없고 상대가 보인다. 결국 나의 상황보다 상대에게 맞추게 된다.

평상시 '내가 할 수 있는 만큼 하고, 줄 수 있는 만큼 준다.'는 생각으로 살아간다. 그럼에도 여전히 '너를 위해 내가 이렇게까지 했어.'라는 생각이 마음 깊숙이 가라앉아 있었고, 내가 한 그 애씀을 알아주기를 바라는 마음이 있었나 보다.

아이의 서운한 표현으로 순간 울컥했지만 덕분에 내가 할 수 있고, 줄 수 있는 것이 더 분명해졌다. 상대를 위한 지나친 배려를 하지 않으려고 한다. 나를 살피고 가벼울 수 있는 만큼만 해야겠다.

[마음이 웃는 말]

"좋은 엄마가 되었을 거야."

결혼 전에는 남편이나 시댁 가족들과 서로 배려하며 갈등도 지혜롭게 잘 풀어나갈 자신이 있었지만, 선택한 남자는 어떤 내 담자보다 까다로운 '남편'이었다. '엄마'가 되는 것에 걱정이 많았고, 좋은 엄마가 되고 싶었다. 이런 무의식적 갈등은 자연스럽게 엄마가 되는 것을 지연시켰다.

결혼한 지 6년 만에 큰아이를 낳고 나이 많은 부모가 되었다. 덕분에 아이에게 조금 더 좋은 양육환경과 양육자가 된 것은 틀림이 없다. 어쩌면 강박적으로 좋은 부모가 되기 위해 애를 썼을지도 모르겠다.

큰아이가 초등학교 2학년 때, 다른 친구들 엄마, 아빠보다 나이가 많고 염색하지 않은 아빠의 하얀 머리에 대해 유독 이야기를 자주 했다. "엄마, 왜 이렇게 늦게 우리를 낳았어?"라고 질문하면, "엄마가 좋은 엄마가 되기 위해 공부를 하고 너희를 낳아서 그래."라고 답을 하곤 했다. 그런데 딸아이의 이어지는 말은 커다란 울림을 주었다.

"엄마는 공부 안 하고 우리를 낳았어도 좋은 엄마가 되었을 거야."

내가 경험한 아픔과 상처를 아이에게 주지 않으려는 마음이 간절했다. 하지만 아이에게 실수도 하고 보드라운 마음에 생채기를 내기도 했다. 그것을 받아들이기 힘들어 자책하는 엄마를 향한 아이의 표현은 감동이었다. 아이의 마음이 참으로 고마웠다.

아이는 자신의 세상에서 다양한 경험을 하며 다듬어질 것이다. 아이를 무균실에서 키울 수 없다는 것도 안다. 게다가 나도 모르게 미처 아물지 않은 나의 상처가 아이에게 전염될 수도 있다. 의도적으로 아이를 아프게 할 마음은 전혀 없다.

그럼에도 아이는 작고 큰 상처로 힘겨울 수 있다. 삶의 흔적 속 아이의 상처는 아이가 풀어나가야 하는 몫이다. 내가 살아온 것처럼 내 아이도 그런 과정을 통해 성장하며 아름다운 자신의 삶을 살아낼 것이다.

4

우정 안에서

-10대-

[마음이 우는 말]

"엄마, 계모야?"

내 기억 속 엄마는 늘 분주했다. 엄마는 가난한 집 맏며느리로 챙겨야 하는 것도 많았고, 공무원 월급으로는 부족한 금전적 어려움을 해결하고자 동분서주했다. 맏딸인 나는 어릴 때부터 동생들의 식사를 챙기며 집안일도 제법 했었다. 바쁜 엄마지만 도시락은 꼭 싸 주셨다. 하지만 도시락 반찬 뚜껑을 열 때면 늘 불안했다. 반찬의 종류가 문제가 아니었다. 붉은 소시지나 계란 프라이, 두부는 노릇하게 구워진 날보다 검게 탄 날이 많았다. 친구들은 그런 반찬에 대해 별다른 말을 하지 않았지만, 내심 부끄러워 가장 많이 탄 것부터 허겁지겁 먹었다. 고등학교 1학년 어느 봄날, 짝꿍은 뜬금없이 물었다.

"너희 엄마, 계모야? 태워서 못 먹는 반찬을 늘 싸 주시는 것 같아."

매우 당황했지만 태연하게 아니라고 답을 했다. 친구의 말이 귓속에 꽂혔을 때 쥐구멍에라도 숨고 싶었다. 하지만 오히려 비장한 표정과 당당한 목소리로 '엄마가 많이 바쁘셔서 태우게 되는 것'이라고 대변했다. 그러고는 얼마나 '좋은 엄마'인가를 증명이라도 해낼 듯 이야기를 이어갔다. 그 이후 점심시간은 태운 반찬을 싸 주는 엄마를 마음속으로는 정말 미워하면서도 겉으로는 감싸느라 참 힘겨웠다.

적은 월급으로 빠듯한 살림을 하며 아이들에게 많은 것을 해주고 싶었던 엄마의 하루가 얼마나 고단하고 짧았는지 그때는 몰랐다. 조금 더 일찍 일어나 바쁜 엄마 대신 반찬을 준비하고 도시락을 쌌으면 어땠을까!

내 생각에도 나는 어쩜 이렇게 음식 솜씨가 없을까 싶다. 아이들도 입맛에 맞는 반찬을 먹을 땐, 다음에 또 사달라는 주문을 한다. 맛있는 음식은 엄마가 만들지 않았다고 확신을 하는 것이다. 그럼에도 아이들 도시락 준비에 나는 진심을 다한다. 도시락 뚜껑을 열었을 때 엄마의 정성이 아이들에게 사랑으로 다가가기를 바라는 마음을 담는다.

[마음이 웃는 말]

"네 덕분에 졸업할 수 있었어."

학교에 오지 않을 아이는 아니지만 학교에 온 것도 티가 나지 않는 조용한 아이였다. 고등학교 3년 때 옆 짝이 부탁을 했다.

"돈 좀 빌려줘. 한 달 뒤에 꼭 갚을게. 아빠가 부도가 나서 등록금을 못 냈어."

나에겐 아무도 모르는 비상금이 있었다. 학용품이나 문제집을 사기 위해 엄마에게 이야기를 하면 충분한 돈을 주지 않았다. 꼭 필요한 곳에 쓰기 위해 모아둔 것이었다. 정말 갈등을 많이 했다. '가진 돈의 전부를 친구에게 빌려주고 나서 내가 필요하게 되면 어떡하지?', '친구가 못 주는 상황이 되면 어떡하지?'. 그런데 친구의 부탁도 거절할 수 없었다.

얼마 지나 초대를 받아 찾아간 곳엔 임시 건물로 된 집 그리고 어린 동생들을 돌보는 엄마 같은 친구가 있었다. 그리고 한

참 지나도 친구는 돈 얘기를 하지 않았다. 불안했지만 방법이 없었다. 졸업을 할 즈음 친구는 고맙다는 말과 작은 수첩 하나를 내밀었다.

"네 덕분에 졸업할 수 있었어. 정말 고마워."

처음으로 나는 작은 도움이라도 누군가에는 큰 힘이 될 수 있다는 것을 알게 되었다. 간혹 길에서 폐지를 정리하는 분을 만나면, 뜨거운 태양 아래의 힘겨움이 전해지고 흘러내리는 땀 방울에서 고단함을 느낀다. 그들은 어떠한 표현도 하지 않지만, 나는 나름의 후원을 한다. 상대에게 필요한 것이면 줄 수 있는 마음의 싹이 자란 것이다. 지금도 더 다양한 것들을 잘 나누는 방법을 찾고 있다.

5

우정 안에서

-30대-

[마음이 우는 말]

"안 돼! 내일 신랑이 먹을 거야."

대학교를 졸업하자마자 결혼한 친구가 있다. 새 차와 넓은 평수의 아파트를 시댁에서 사준다며 자랑하였고 몇몇 친구들은 소희를 부러워했다. 그 후 소희는 전업주부로 아이들을 키우며 현모양처로 살았다. 그즈음 나도 결혼을 하고, 전공을 바꿔 석사과정을 다시 시작하였다. 여전히 생활비와 학비를 벌기 위해 여러 대학으로 동분서주했다. 그래도 가끔 친구들과 전화 연락도 하고 만나서 밥도 먹었다.

초여름 소희가 친구들을 집으로 초대를 했다. 소희 집에 놀러 가고 싶은 마음에 수업을 마치자마자 부리나케 달려갔다. 소희는 점심을 준비한다고 분주하고, 친구들은 수다 삼매경으로 어수선하였다. 배가 매우 고팠다. 소희 곁을 맴돌다가 식탁 위에 놓인 빵을 발견하고선 용기를 내어 빵을 먹어도 되냐고 물었다.

친구는 주저 없이 "안 돼! 내일 신랑이 먹을 거야."라고 했다. 순간 눈물이 핑 돌았다. 그날 소희가 정성스럽게 만든 화려한 음식을 어떻게 먹었는지 기억이 안 난다. 어쩜 그렇게 서러웠을까! 참 많이 서러웠다.

그 사건 덕분에 누군가 부탁하거나 도움을 청하면, 그것이 무엇이든 '지금 내 앞에 있는 사람'보다 더 우선할 수 없다는 확신을 가지게 되었다. 내가 가진 것을 필요로 하면, 가진 것은 나눈다.

다행히 빵 한 덩어리의 서러움보다 오랜 친구와의 우정을 지키며 같이 늙어가고 있다. 만나서 맛난 것을 먹으며 이야기꽃을 피우고, 서로의 건강도 챙긴다.

[마음이 웃는 말]

"넌 해낼 줄 알았어!"

나보다 한 살 많은 민지는 초등학교 친구이다. 민지는 학교 근처에서 언니들과 자취를 했다. 에이스 크래커를 커피에 찍어 먹는 어른의 맛을 알려준 친구다. 민지는 그림 그리기를 좋아했고 참 잘 그렸다. 아직도 팝송을 들으며 연필로 그림을 그리던 모습이 아련히 남아 있다. 그런데 가정 형편상 대학 진학을 못했다.

민지는 결혼 후 남편과 화원을 운영한다. 조용한 시간에는 여전히 그림을 그리거나 도자기를 굽는다. 고무신에도 기왓장에도 돌에도 그림을 그린다. 그림을 배우러 오는 수강생도 지도한다. 그리고 꽃차도 만든다. 화원을 거닐며 듣는 꽃 이야기는 신기할 따름이다.

나는 학교를 오래 다녔다. 초등학교에서 대학원 졸업까지 33년이나 걸렸다. 박사과정 수료 후 서른다섯에 사이버대학교 교수로 임용되었다. 여느 해처럼 그해 봄날, 친구 화원으로 나들이를 갔다.

교수 임용 소식을 들은 친구는 "넌 해낼 줄 알았어!"라며 활짝 웃어 주었다. 그 미소를 지금도 잊을 수 없다. 그냥 살아냈을

뿐인데 무언가를 해낼 친구로 믿어준 민지가 고마웠다. 서로 있는 그대로 인정해 주는 관계가 든든했다.

가족과 주위 친구나 지인들의 기도 덕분에 많은 것들을 누리고 있는지 모르겠다. 사는 것이 바빠도 아지랑이 피어나는 봄에는 그녀가 좋아하는 달콤한 케이크를 챙겨 '민지의 정원'으로 소풍 가야겠다.

6

사회 안에서

-선생님-

[마음이 우는 말]

"네가 이미영이야?"

88년 서울 올림픽이 개최되던 해, 어정쩡한 대학생이 되었다. 허허벌판의 넓은 캠퍼스는 비가 오면 진흙으로 신발은 엉망이 되었고, 마음은 더 심란했다. 싱그러운 연둣빛 물결 속 대학가 5월 축제의 경험은 무척 강렬했다. 그즈음 한 손에는 대학 교재를, 다른 한 손에는 수학 정석을 들고 헤매던 방황을 멈추었다.

긴 방학이 지나고 서먹한 개강 첫날, 전공 교수님이 출석을 부르셨다. 대답을 했음에도 미처 찾지 못하셨는지, 교수님은 재차 확인을 하셨다. 부끄러워 손을 들며 기어 들어가는 목소리로 대답을 했다.

"이미영, 어디 있어? 이미영…. 네가 이미영이야?"

학생들의 웅성거리는 소리가 강의실에 메아리쳤다. 여느 여대생처럼 쌍꺼풀 수술로 예뻐진 얼굴 모습에 놀라는 것이 아니었다. 두어 달 사이 체중이 많이 늘어 못 알아보신 것이었다. 그 이후 '뚱뚱한 이미영'으로 살았다.

부모님의 비난과 질책 그리고 자괴감으로 현실을 받아들일 용기가 없던 나는 먹어도 배가 부르지 않았다. 심리적 허기는 음식으로 채워질 수 없음을 알지만, 그때 할 수 있는 것은 그것밖에 없었다. 살고 싶은 처절한 몸부림이었다.

며칠 아무것도 먹지 않아도 배고프지 않은 아픔도, 먹고 또 먹어도 배가 부르지 않는 상실도 눈물겹게 견뎌내는 생존에 대한 열정임을 안다. 뚱뚱한 모습 안에 웅크린 슬픔을 느낀다.

오늘도 밥을 먹으며 마음의 안부를 묻는다.

[마음이 웃는 말]

"어떻게 이렇게 잘 썼어?"

아버지는 대쪽 같은 공무원이셨다. 집으로 찾아오신 손님들은 아버지를 어려워했다. 아버지의 눈에 드는 사람은 매우 드물었다. 어린 나는 그런 아버지가 훌륭해 보였고 존경했다. 어느 누구의 칭찬보다 아버지의 인정을 받고 싶었다.

13살부터 혼자 대구에서 자취를 하며 서울의 대학에 입학하셨고, 41세에 사무관이 되신 아버지는 딸이 우등상을 받아도, 100점을 받아도 당연하게 생각하셨다. 맏딸이 대학에 낙방한 날, 아버지께서 몸을 못 가눌 정도로 술을 마시고 온 그날 밤을 잊을 수가 없다.

대학에 입학한 후 한 손에는 전공 책을, 다른 한 손에는 수학 정석을 들고 다녔다. 학교생활에 만족을 못 했다. 학력고사를 다시 보기 위해 준비를 하는 것도 아니고, 안 하는 것도 아닌 상태였다. 어느 날 전공 수업에서 교수님이 나를 호명하며 일어나라고 주문하셨다. 그 당시에는 자신감이 1도 없었다. 정말 숨이 멎을 것 같았다.

"이미영, 1학년이지. 어떻게 이렇게 잘 썼어?"

이 사건은 '인생의 터닝 포인트'가 되었다. 그 이후 교수님의 기대에 부응하고자 정말 열심히 공부했다. 발표, 토론, 시험 그리고 과제 등 뭐든 최선을 다했다. 그토록 애원했던 아버지의 칭찬 대신 교수님의 인정으로 채웠다.

내 속에 할 수 있는 힘이 무한하다는 것을 나조차 알지 못했다. 믿어준 한 사람 덕분에 삶이 달라지기 시작했다. 잘하는 것이 있다. 모든 것을 잘할 수는 없다. 그래도 괜찮다. 그리고 꺼내 쓰면 쓸수록 커지는 힘도 있다. 사람들을 만나면 그들에게서 빛나는 보석이 보인다. 나도 그들을 믿는다.

이윤정

걷고, 쓰고, 만드는 것을 통한 행복을 추구하는 일상 탐험가
https://www.instagram.com/yunjeong3420

1

가정 안에서

-부모-

[마음이 우는 말]

"바쁘니까 저리 가!"

어릴 적 눈에 비친 엄마는 항상 바빴다. 어려서부터 집안의 맏이로서, 사회인으로서 누구보다 열심히 살았고 결혼 후에도 친정 부모님과 함께 살면서 집안의 대소사를 챙겨야 했다. 가사나 양육보다 바깥일에 더 많은 의미를 두었던 엄마가 어려서는 이해되지 않았다.

퇴근해서 집으로 돌아온 엄마는 "피곤해.", "쉬고 싶어."라는 말을 자주 했다. 엄마와 이런저런 이야기를 나누고 싶어 하는 나에게 엄마의 말은 상처가 되었다. 무엇보다 엄마의 차갑고 냉정했던 눈빛과 말투는 오래도록, 자주 내 마음을 아프게 했는데 그중에서 가장 마음에 오래 남았던 말은 "바쁘니까 저리 가!"였다. 바깥일과 친정 식구 대소사에서 벗어나지 못했던 엄마의 상황이 이해가 갔지만, 나의 서운함은 그것과는 다른 문제였다.

사소한 일상을 함께 나누고 엄마 곁에서 오래 머물고 싶었지만, 그 시절 나의 엄마는 외할머니였다. 엄마는 엄마로서 해야 하는 기본 역할에는 매우 충실했으므로 엄마와 정서적으로 친밀해지고 싶은 나의 욕구는 왠지 사치로 느껴졌다. 그런 나의 욕구는 충분히 분출되지 못한 채 오랫동안 마음에 쌓여 있었다.

성인이 된 후, 엄마와 속내를 터놓고 깊이 있는 대화를 조금씩 나누기 시작했고, 그 시절에 못 했던 여러 가지 것을 함께 나누면서 비로소 함께 성장했다. 엄마는 어린 자녀에게 다정다감하지 못했던 것에 대해 미안해했고, 우리는 조금씩 가까워졌다. 어려도 충분히 마음 표현을 할 수 있었던 내가 그렇게 하지 않았던 것이 우리 관계를 더 멀어지게 만들었다는 것도 한참 후에 깨달았다.

지금은 아무리 바빠도 서로의 안부를 묻고, 보고 싶어 하는 마음을 표현하는 등 엄마와 사소한 것들을 나누는 것에 인색하지 않은 사이가 되었다. 세 아이의 엄마가 된 지금, 아이들과 나누는 사소하지만 따뜻한 말 한마디가 너무도 소중하다. 어린 시절, 엄마와 함께 나누고 싶었지만 그러지 못한 것들을 아이들과 함께 나누며 깊은 행복을 느낀다.

[마음이 웃는 말]

"언제나 널 믿고 있어!"

어려서부터 지금까지 부모님의 잔소리를 들어본 적이 거의 없다. '나에 관해 관심이 있기는 한 걸까?'라는 생각이 종종 들 정도로…. 부모님의 친밀한 사랑을 갈구했던 나는 부모님의 잔소리도 사랑의 표현이라고 생각했다.

특히 엄마는 늘 바깥일로 바쁘셨는데 학교에서 필요한 준비물이나 상담, 또는 교우 관계에 대한 적절한 조언은 시기를 놓치지 않고 하셨다. 엄마의 완벽에 가까운 자기관리와 일 처리 능력은 어린 딸이 보기에 참 멋져 보였지만, 그런 점 때문에 '엄마'보단 '사회인'이 더 잘 어울리는 사람이라고 생각했다. 무엇보다 '나만의 엄마'가 아니어서 종종 외로웠다.

대학생이 되어서 지방에서 혼자 살게 되었다. 입학 전 이런

저런 준비를 함께 하며 엄마와 조금 더 가까워졌다. 내가 혼자 지방에서 사는 게 불안하지 않냐고 물어본 적이 있다. 그러자 엄마는 "지방에서 혼자 있어야 하는 상황은 걱정이 되지만, 언제나 널 믿고 있어!"라고 말씀하셨다. 그때 그 말은 '널 사랑해.'라는 말보다 훨씬 강력한 울림으로 다가왔다.

그때 나는 스스로에 대한 믿음이 매우 부족한 상태였으므로 엄마의 그 말씀은 내 마음 깊은 곳에 오랫동안 존재했다. 외롭거나 힘들 때마다 엄마의 "언제나 널 믿고 있어!"라는 말을 자주 떠올렸고 힘을 냈다.

아직도 종종 엄마는 내가 힘들 때마다 널 믿는다고 말씀하신다. 표현을 아끼는 분임을 잘 알기에 그 말씀이 더욱 고맙고 크게 다가온다. 스무 살 어느 날에 들었던 엄마의 말을 이제 나도 아이들에게 종종 들려주곤 한다.

2

가정 안에서

-부부-

[마음이 우는 말]

“또 시작이네!”

가장으로서의 가장 큰 역할을 경제적인 책임이라고 생각하는 남편은 아빠가 된 후 바깥일에 더욱 큰 의미를 두었다. 퇴근하는 시간이 대체로 늦었으므로 내가 자연스럽게 가사와 육아를 전담하게 되었다. 어려서부터 집안일을 해왔던 터라 나에게 집안일은 익숙하고 자연스러운 것이었다.

그러나 육아는 혼자서 감당하고 싶지 않았다. 육아를 통해 부부 사이가 더욱 친밀해지기를 바랐고, 무엇보다 아이들이 커가면서 아빠와 함께하는 시간을 고대했다. 남편이 아무리 바깥일로 바빠도 시간과 마음이 허락하는 만큼은 아이들에게 관심을 두고 함께하기를 바랐다. 충분한 시간을 두고 기다렸지만, 남편은 육아에 관한 관심이나 책임에 소홀했다.

남편이 피곤하거나 힘들 때 육아에 대해 부탁하면, 신경질적인 목소리로 "또 시작이네!"라고 말했다. 남편은 육아도 혼자 감당해달라고 말했다. 많은 것을 바란 것도 아니고 그저 육아를 함께 하는 것에 큰 의미를 두고 싶었을 뿐이었다. 남편의 그 말에 표현할 수 없을 만큼 큰 타격을 받았다.

그의 말과 태도를 이해할 수 없었지만 같은 문제로 계속 다툴 수는 없었다. 최대한 그의 처지에서 여러 번 생각하고 내가 이해할 수 있는 수용 선을 명확하게 제시했다. 서로를 이해하는 과정에서 그의 성장환경에 대한 이해가 부족했음을 깨달았다.

서로의 미숙한 부분을 조금씩 받아들이면서 "또 시작이네!"란 말은 "힘들지만 노력해 볼게!"란 말로 바뀌었다. 나의 상황에 대한 이해를 구하면서 상대방의 상황에 대한 이해와 배려가 묻어나는 말을 조금씩 배워가는 중이다.

[마음이 웃는 말]

"우리 아이들은 당신이 엄마라서 참 좋겠다."

좋은 엄마가 되고 싶었다. 나에게 좋은 엄마는 '언제나 곁에 있어 주는' 엄마였다. 일하는 엄마보다 가정에서 아이들과 함께 하는 엄마가 되고 싶었다. 남편은 내가 좋은 아내보단 좋은 엄마가 되어줄 수 있을 것 같아서 나와 꼭 결혼하고 싶다고 했다. 그에게 인정받고 있다는 생각에 남편의 그 말이 서운하게만 들리지 않았다.

세 아이의 엄마가 되었고 아이들은 저마다 작은 결핍을 지니고 태어났다. 아이들의 신체적인 상황 때문에 슬프고 우울할 수 있었지만, 최대한 객관적으로 그 상황을 바라보고 나와 아이들이 할 수 있는 것들을 찾아서 실천했다. 하루하루가 숨 가쁘고 치열하게 흘러갔다. 남편은 바깥일로 언제나 바빴고 꼭 필요한 때가 아니면 자발적으로 육아에 동참하지 않았다. 남편의 마음을 돌리는 것보다, 내가 강해져야 한다는 생각에 나를 혹독하게 단련시켰다.

전투 육아 시절을 돌아보면 남편이 곁에 없어서 서운할 때도 많았지만 그의 말에 깊은 만족과 행복을 느끼기도 했다. 그의 가사나 육아에 대한 태도는 나를 많이 서운하게 했지만, 말은 섬세하고 다정했으며 언제나 먼저 표현해 주었다.

그가 그 시절 자주 했던 말은 "우리 아이들은 당신이 엄마라서 참 좋겠다."였다. 따뜻하고 다정한 말만큼이나 그의 눈빛도 따뜻했다. 진심이 느껴지는 그의 말은 지치지 않고 아이들을 기꺼운 마음으로 돌볼 수 있게 하는 강한 동력이 되었다. 남편이 나에게 건네었던 다정하고 따뜻한 말을 끝까지 간직하고 싶다. 그리고 힘들 때마다 그의 말을 꺼내어 볼 것이다.

3

가정 안에서

-자녀-

[마음이 우는 말]

“엄마는 우리는 사랑하지 않고 엄마만 사랑해!”

아이들은 유독 엄마의 사랑에 목말라했다. 언제나 사랑을 주어도 부족하다고 했으며 더 표현해달라고 했다. 엄격하고 가족 간의 애정 표현에 인색했던 환경에서 자란 나는, 어려서부터 내면의 불편한 감정을 솔직하게 표현하는 데 서툴렀다. 엄마가 된다면 그 무엇보다 아이들이 감정 표현을 맘껏 할 수 있도록 양육하리라 다짐했다.

아이들은 저마다의 개성을 맘껏 드러내며 자랐다. 그래서 아이들이 애정 결핍이 있으리라고는 생각하지 못했다. 딸아이는 다른 아이들보다 감정 표현을 자연스럽게 잘하고 본인이 원하는 것을 유연한 방식으로 정확하게 전달하는 데 능했다. 기특하게도 본인의 감정이 앞서는 날엔 말보다 글로 그것들을 표현해 날 놀라게 했다.

딸아이의 말과 글을 통해 나의 사랑이 '나만의 일방적인 사랑', '내가 주고 싶은 사랑'이란 것도 조금씩 알게 되었다. 엄마로 사는 삶보다 나로 사는 삶이 언제나 먼저였는데, 그 점이 아이들의 마음을 불안하게 했음도 알게 되었다.

노력하고 있었지만, 아이들에게 전하는 애정 표현이 서툴렀고 무엇보다 충분하지 못했다.

"엄마는 우리는 사랑하지 않고 엄마만 사랑해!"

이 말은 내가 여전히 미성숙한 엄마라는 사실을 각성하게 했다. 언제나 예쁜 말, 고운 말만 하는 딸아이에게서 들은 말이었으므로 그 어떤 가르침보다 크게 다가왔다.

아직도 서투르지만 아이들이 나에 대해 서운한 마음을 드러내면 그 자리에서 아이들의 말을 경청하고 나의 태도를 되돌아보고 수정하려고 노력한다. 나에게 '충분한 사랑 표현'은 아직도 낯설고 어색하지만 조금씩, 천천히 배워가는 사람이 되고 싶다.

[마음이 웃는 말]

"우리 엄마 최고야!"

남편과 아이들은 어여쁜 말 표현에 인색하지 않다. 특히 아이들이 그렇다. 어려서부터 엄격한 훈육에 익숙했던 나는 엄마가 되어서 그런 양육 태도에서 벗어나고자 무던히 노력했지만, 생각만큼 잘 고쳐지지 않았다. 아이들에게 '따뜻하고 평온을 느끼게 해주는 말'을 들려주기보다 '지금 당장 똑바로 해야 하는 행동'을 요구하곤 했다.

"괜찮아.", "기다릴게.", "다시 한번 해 볼까?"처럼 아이들을 기다리고 존중하는 말보다 "그러면 안 돼!", "너만 생각하니?", "너희들이 알아서 생각하고 행동해!"처럼 아이들의 의견이나 행동을 지적하는 것에 더 집중했다. 지금 돌아보면 느긋한 마음을 가지고 마음을 토닥이는 말에 대한 감각이 전혀 없었다.

그러나 아이들은 나와 달랐다. 언제나 따뜻하고 다정하게 말했으며, 서툰 표현이지만 사랑의 말을 충분히 건넬 줄 알았다. 일상이 유독 힘들다고 느껴지는 날에 아이들이 속삭여주는 다정한 말이 내 마음을 다독여주었다. 아이들의 말을 통해 경청과 공감의 힘을 경험하고 배웠으며, 깊은 만족을 느꼈다.

아이들이 했던 수많은 예쁜 말 표현 중 "우리 엄마 최고야!"

란 말은 나를 정말 최고의 엄마로 성장하고 싶게 만드는 말이다. 이 말을 들을 때마다 진심을 울리는 말은 거창한 말이 아님을 다시 한번 깨닫는다. "우리 엄마 최고야!"란 말을 통해 작지만 소중한 일상 안에 존재함에 감사함을 느끼며 아이들에 대한 고마움도 조금씩 커지고 있음을 느낀다.

4

우정 안에서

-30대-

[마음이 우는 말]

"넌 항상 이기적이었어!"

함께 있을 때 많은 말을 나누지 않아도 편한 친구가 있었다. 십 대 후반부터 이십여 년을 친하게 지냈다. 그 친구와는 일상에서의 잦은 소통이나 만남보다 훌쩍 떠나는 여행을 통해 더욱 가까워졌다. 낯선 곳에서 함께 있으면 왠지 우리 둘 사이가 더 특별해지는 느낌이 들었다. 그 시간은 지금까지 매우 특별하고 소중한 추억으로 남아있다.

삼십 대 초반 가을 어느 날, 그 친구와 함께 여행 중이었다. 이른 아침 집을 떠나 조금 피곤했지만, 가을의 정취를 맘껏 느끼며 기분이 한껏 좋아졌다. 그런데 대화를 나누다가 갑자기 그 친구가 격앙된 목소리로 "넌 언제나 이기적이었어!"라고 내뱉었다. 운전하고 있었던 나는 속으로 적잖이 놀랐었는데, 그 마음을 들키지 않으려고 아무렇지 않은 척하며 그 상황을 넘겼다.

이기적이란 단어도 마음에 걸렸지만, '언제나'라는 단어가 특히 큰 충격으로 다가왔다. 그때의 내 마음 상태를 친구에게 그대로 전달하면 큰 싸움이 될 것 같았고, 앞으로 좋은 관계를 유지할 수 없을지도 모른다는 두려움도 크게 올라왔다. 집으로 돌아오는 내내 그 친구에게 물어보고 싶은 것들이 계속 떠올랐지만, 용기가 나지 않아 결국 한마디도 하지 못하고 집으로 왔다. 집으로 돌아오는 길 갑자기 쏟아진 비가 더 슬프게 느껴졌다.

한참이 지나고 마음이 조금 편해진 후 친구와 깊은 속내를 털어놓고 그때 생긴 오해를 풀었다. 마음을 터놓고 이야기를 해보니 그렇게 심각한 내용이 아니어서 당황했고, 그간의 마음고생이 억울하다는 생각이 들었다. 그 일을 계기로 그 친구와는 조금 더 자주 만나면서 서로를 잘 챙기는 사이가 되었고, 그 후에 우리들의 관계는 더욱 친밀해졌다.

상대방의 말로 불편함을 느낄 때는 조급해하거나 두려워하지 말고 솔직하게 소통하는 것이 가장 중요하다는 것을 깨달은 날이었다.

[마음이 웃는 말]

"넌 꼭 좋은 선생님이 될 거야."

어려서부터 아이들을 좋아했고, 아이들과 함께하는 것에 관심을 많이 가졌다. 막연한 어릴 적 꿈은 유치원교사였지만 대학에서 전공은 전혀 상관없는 것으로 했다. 대학 졸업 후 유아교육 관련 일을 해 보고 싶다는 막연한 꿈은 더 커져만 갔다.

부모님의 지지와 나의 용기로 일 년 동안 열심히 공부해서 유아교육 관련 자격증을 취득했고 원하는 직장에 취업했다. 성실하게 일했지만, 마음 한편에는 유아교육 비전공자라는 열등감이 있었다. 몇 번의 이직을 하면서 교육에 관련된 공부를 꾸준하게 하며 나의 꿈을 확장했다. 어린이집 교사가 첫 직업이었지만 교육과 상담 관련 공부를 계속하면서 나의 적성에 더 맞는 교육업에 종사했다.

꾸준히 공부하며 직장 생활을 병행하기는 쉽지 않았지만, 더 좋은 교사가 되기 위한 노력을 멈추지 않았다. 성실함과 열정으로 경력을 쌓아가는 일은 그럭저럭할 만했으나 눈에 보이는 성취보다 타인에게 받는 위로와 인정이 더 절실하게 다가왔던 때이기도 했다. 가족의 한결같은 지지도 큰 힘이 되었지만, 또래 친구들의 "넌 꼭 좋은 선생님이 될 거야."란 말은 힘들 때마다 내 마음을 환하고 충만하게 만들어 주었다. 특히 사회에서 인정받는 친구들의 격려와 응원이라서 더 크게 와닿았다.

일과 공부에 치일 때마다 격려와 응원을 아끼지 않는 그 친구들을 찾았고 그럴 때마다 친구들은 기꺼이 나와 함께해 주었다. 지금은 자녀들의 좋은 엄마이자 선생님으로 사는 그녀들의 삶을 온 마음 다해 응원한다.

5

사회 안에서

-학교-

[마음이 우는 말]

"똑바로 못 해?"

중학교 시절, 음악 시간은 그야말로 공포의 시간이었다. 음악 선생님은 수업 시간 내내 위압감을 주는 태도와 말투로 학생들을 긴장시켰고, 소심하고 내성적인 성격의 나는 그 시간이 너무 두려웠다. 훌륭한 학벌과 화려한 무대 경력의 경험자인 음악 선생님은 어린 내가 보기에 매우 거만했으며 감정 조절이 잘 안 되는 사람이었다.

음악 시간이 다가오면 극심한 스트레스로 늘 배가 아팠다. 그 느낌을 생각하면 아직도 마음이 아프다. 교사의 말 한마디에 자신의 의견을 말하는 것도 큰 용기를 내야 했던 시절이었다. 차가운 음악실에서 더 차가운 선생님의 눈빛과 말투에 집중해야 했는데 “야, 너!”, “너희들은 그것도 모른단 말이야?”, “눈치껏, 재주껏 해!” 이런 말을 서슴없이 내뱉는 분이었다.

특히 음악 선생님이 아이들을 향해 쏘아붙이는 “똑바로 못 해?”라는 말은 많은 아이들의 마음을 얼어붙게 만들었다. “똑바로 못 해?”라는 말과 함께 어김없이 출석부가 교탁 위에 내리쳐졌다. 대체 무엇을 똑바로 하라는 건지 이해하지 못한 채로 공포의 음악 시간은 끝나곤 했다. 아름다운 화음, 다소 소란스러울 수 있어도 즐거운 분위기의 수업이 어울릴 법한 음악 시간과 전혀 맞지 않는 시간이었다. 음악 시간에 대한 거부감은 학교를 졸업할 때까지 계속되었다. 상대방의 말을 통해 심장이 쪼그라드는 느낌을 그때 느꼈다.

선생님에게 개인적으로 크게 혼난 경험이 있다면 마음의 상처가 더 오래갔을 텐데, 다행히 그런 일은 일어나지 않았다. 그 당시 그 선생님에게 배웠던 것은, 자신의 권위를 내세워 자신보다 어린 사람들을 위축시키는 어른이 되면 안 된다는 것과 교사의 말이나 태도에 학생들이 큰 상처를 받을 수 있다는 것이었다.

나는 어릴 적의 꿈처럼 교사가 되었다. 교사가 되어보니 학급을 통솔하기 위해 다소 강압적인 태도를 보여야 할 때가 있는데, 중심을 잡고 학생들의 입장을 헤아려보려고 노력한다. 내 기준을 들이대며 상대방, 특히 아이들의 잘못을 지적하는 어른이 되지 않기 위해서도 늘 노력한다.

[마음이 웃는 말]

"창의적이고 신선한 생각이야!"

어린 시절부터 미술 시간을 싫어했다. 무언가를 표현하는 것에 막연한 어려움을 느끼기도 했지만 정해진 틀에 따라 그리고 색칠하는 것에는 더욱 거부감을 느꼈다. 미술 시간에 다른 친구들의 작품을 보며 주눅 들어 하는 학생이 바로 나였다. 나에게 미술 시간은 창의적인 표현을 맘껏 드러내는 시간이 아니라, 정해진 수업 커리큘럼에 충실히 따른 기법을 배워서 틀에 맞춘 방식으로 표현하는 시간이었다. 독특한 나만의 방식으로 표현하는 것을 좋아하는 나에게 미술 시간은 지루하기만 했다. 그런데 고등학교 미술 시간은 조금 달랐다. 미술 선생님은 아이들과 소통하는 것을 즐거워하셨고, 정해진 커리큘럼 외의 것도 수업 시간에 시도하셨다. 선생님 덕분에 조금씩 미술 시간이 기다려졌다.

그러던 어느 날 선생님께서 과제를 내주셨는데, 그날따라 아무리 열심히 해 보아도 만족스러운 결과물이 나오지 않았다. 과제를 하느라 꼬박 밤을 새웠지만, 결국 원하는 결과물을 만들어 내지 못했다. 빈손으로 가는 것보단 나을 것 같아 정해진 과제의 틀을 벗어나 나만의 방식으로 과제를 만들었고, 불안한 마음으로 미술 시간을 맞이했다.

과제를 오랫동안 보시면서 이런저런 질문을 하시던 미술 선생님의 말씀은 놀랍게도 "창의적이고 신선한 생각이야!"였다. 선생님의 동그란 안경 너머 호기심 가득한 눈빛과 생생한 표현은 과제 때문에 잔뜩 주눅 들어 있는 나에게 큰 위로가 되었다. 막연한 표현보다 구체적인 표현이 상대방에게 더 강력한 칭찬으로 전달될 수 있음도 알게 되었다.

선생님의 진심이 가득 묻어난 눈빛과 말씀은 그날 이후로도 종종 생각나곤 했는데 학창 시절의 미술 트라우마를 극복하고 공예 강사가 되는 데에도 큰 힘이 되었다. 학생들의 작품을 대할 때 그 작품만의 독창성을 찾아내는 데 마음을 기울였고 그런 나의 태도는 만족스러운 수업 결과물로 이어졌다. 무언가를 만들 때마다 선생님의 그 말씀이 내 마음에 살아 움직이는 듯하다.

6

사회 안에서

-직장-

[마음이 우는 말]

"굴러온 돌이 박힌 돌 빼려고 하네!"

30대 초반, 보습학원의 영어 강사로 취업을 했다. 여러 가지 근무 조건들이 맞았지만, 원장 선생님의 올바른 교육관과 합리적인 사고방식이 특히 마음에 들어서 꼭 함께 일하고 싶었다. 새로운 환경에서 열정적으로 나만의 수업 커리큘럼을 짰고 학생들과 학부모와의 소통에도 진심으로 대했다. 새로 배워야 할 것이 많았지만, 그 점이 나를 더욱 열심히 일하게 했다.

학원에 적응해가던 즈음에 예상치 못한 문제가 발생했는데, 바로 동료 교사들과의 관계였다. 그들은 모두 자녀가 있는 엄마 선생님들이었다. 강사로서 열심히 근무하기보단 적당히 수업하고, 그들끼리 마음 편히 교류하는 데 더 비중을 두는 것처럼 보였다.

학원에서 주로 나누는 이야기는 남편과 아이들, 신변의 잡다한 것에 관한 것이었다. 한두 명이 아닌 여러 명이 쏟아내는 영양가 없는 말에 피로했고, 그 선생님들과 거리를 두고 침묵으로 대했다. 당연히 그들의 눈에 나는 불편한 존재였다. 관계를 유연하게 할 수 있는 말이나 태도가 필요했지만 그런 것에 서툴렀으며, 그래야 할 필요성을 전혀 느끼지 못했다. 당연히 나의 마음이 표정과 태도에서 드러났다. 사소한 오해들이 쌓였고 나의 침묵은 극에 달했다.

그즈음 누군가를 통해 들은 "굴러온 돌이 박힌 돌 빼려고 하네!"라는 말은 나의 심장을 관통했고 오랫동안 나를 아프게 했다. 부인하고 싶은 말이었지만 그들의 처지에서는 그렇게 생각할 수도 있겠다는 생각이 들었다.

시간이 흘러 서로에 대한 다름을 인정하고 오해를 풀어나가는 과정은 그동안의 힘든 시간에 비례해서 깊은 만족감을 주었고, 퇴사하는 날까지 그 선생님들과 원만한 관계를 유지했다.

사회생활에서 '실력' 못지않게 중요한 것이 '관계'와 '소통'이라는 것을 깊이 깨달았고, 그 경험을 계기로 사회적 관계를 유연하게 맺는 말에도 관심을 쏟게 되었다.

[마음이 웃는 말]

"선생님의 성실함을 본받고 싶어."

어린이집 교사로 사회생활을 시작했다. 첫 직장 생활이어서 받는 스트레스도 있었지만 새로운 환경에 유독 스트레스를 많이 받는 나에게 그곳은 전쟁 통과 다름없었다. 열악한 근무 조건에서 아이들을 세심하게 돌보아야 했고 배우고 익혀야 할 것들이 매일매일 흘러넘쳤다. 함께 일하던 동료 교사들은 또래였지만 경력이 많은 전문가였다. 그 점이 나를 더욱 주눅 들게 했다.

어린이집 교사로서 처음 맞이하는 재능발표회 준비는 특히 힘들었다. 과중한 업무 후에 발표회 준비를 해야 했으므로 특히 체력적으로 힘들었다. 나에 비해 다른 교사들은 어찌나 능숙하게 준비를 잘해나가던지 새삼 놀라는 날이었다. 어린이집 교사로서의 재능이 부족하다고 생각해서 더 부지런히 수업과 발표회를 준비했다.

그러던 어느 날, 함께 발표회 준비를 하던 동료 선생님들이 나의 성실함에 대해 말하며 “선생님의 성실함을 본받고 싶어.”라고 말했다. 닮고 싶은 동료들에게 칭찬을 들어서 기뻤다. 평범한 칭찬이었지만 나의 가장 큰 장점을 드러내 주는 말이었으므로 진심으로 고마웠다.

그 말을 들은 후 내가 교사로서 인정의 말에 목말라 있었다는 것도 알게 되었다. 무척 고마웠고, 격려의 표현을 잘하는 동료들과 일할 수 있어서 다행이라고 생각했다. 어린아이들을 대하는 교사들이어서 그런지 칭찬이나 공감의 표현에서 생동감이 느껴졌는데, 내가 하는 말의 표현 방식에 대해서 진지하게 생각해 보는 계기가 되기도 했다.

말의 표현에 인색하지 않은 동료들과 일했던 몇 년은 아직도 내 안에 고마움과 충만함으로 남아 있다. 초보 교사가 아닌 지금도 그들의 마음과 표현을 잊지 않고 종종 꺼내어서 필요한 이들에게 표현한다.

7

사회 안에서

-이웃-

[마음이 우는 말]

"어이, 거기 아줌마!"

엄마가 되고 난 후 나의 이름이 불리는 건 병원이나 관공서에 방문했을 때이다. 아이들이 다니는 교육기관이나 함께 교류하는 엄마들에게도 대부분 '○○엄마'라고 불렸다. 그렇게 불리는 것이 유쾌하진 않았지만 지금 나의 처지가 그러하다고 생각해서 어느 순간부터 자연스럽게 받아들이고 있었다.

그러던 어느 날, 바쁜 걸음으로 길을 가는데 길을 가던 아저씨가 "어이, 거기 아줌마!"라고 누군가를 불렀다. '거기 아줌마'가 당연히 내가 아니리라 생각해서 가던 길을 계속 갔다. 그런데 누군가를 부르는 목소리는 점점 커졌고, '그 누군가'가 바로 '나'라는 것을 알게 되었다. 얼굴이 붉어지며 민망함과 수치심이 느껴졌다. 딸아이와 바쁘게 걸으면서 스카프가 떨어졌는데 그것을 발견하고 나를 급하게 불러 세우신 거였다.

어색한 웃음을 지으며 그 아저씨에게 고맙다는 표현을 하려는 찰나, 딸아이가 밝은 목소리로 "우리 엄마는 '거기 아줌마'가 아니에요. 우리 엄마도 이름이 있어요. 우리 엄마 이름은 이윤정이에요!"라고 말했다. 아저씨는 어색하게 웃으며 그 자리를 떠나셨다. 그 아저씨로서는 호의를 베푼 것일 수도 있는데, 그 호의를 받는 처지에서는 사실 그렇지 않았다. 꼭 이름이 불리지 않더라도 상대방에게 맞는 호칭을 써야겠다는 다짐을 하게 한 경험이었다.

시간이 지난 후 나도 딸아이가 표현한 것처럼 부드럽지만 정확하게 나의 감정 상태를 표현하고 싶다는 생각이 들었다. 마음속으로는 불편한 감정을 느끼면서 겉으로는 괜찮은 척하는 습관을 조금씩 고쳐가고 있다.

[마음이 웃는 말]

"아이들이 모두 밝은 걸 보니, 엄마가 좋은 사람인가 봐요."

세 아이를 데리고 다니면 동네 어르신들이 종종 반가운 얼굴로 먼저 안부를 건네시곤 한다. 아이들과 함께 버스나 지하철을 탔을 때도 주변 어르신들의 시선을 받게 되는 경우가 흔하다. 사실, 그런 시선이 감사할 때보다 불편할 때가 훨씬 많다. 따뜻한 시선이나 안부에서 더 나아가, 듣기에 불편한 말을 오랫동안 들어야 했던 적이 많았기 때문이다.

아이들이 아장아장 걸어 다닐 때쯤 아이들과 함께 버스에 탔는데, 뒷자리에 앉아계신 어르신께서 따뜻한 눈빛과 표정으로 우리를 바라보셨다. 그날따라 소란스럽게 떠들고 부산하게 움직이는 아이들을 진정시키느라 마음이 불편했다.

아이들의 말이나 행동이 불편할 수도 있는 상황이었는데 아이들을 훈계하려는 나에게 괜찮으시다며 "아이들이 모두 밝은 걸 보니, 엄마가 좋은 사람인가 봐요."라고 말씀하셨다. 그냥 하는 말씀이 아닌 진심이 묻어나는 말씀이셨다. 그 후로 어떤 말씀도 하지 않으셨는데, 그 어르신의 태도로 한결 마음이 편안해졌다. '따뜻한 침묵'이 있다면 저런 느낌일 것 같다는 생각도 했다. 아이들의 말이나 행동이 감당 안 되는 날에는 종종 그 어르신의 말씀과 태도를 떠올리며, 아이들에게 수용적인 엄마가 되어야겠다는 다짐을 한다.

우연히 만난 사람과의 짧은 몇 마디가 깊은 울림을 줄 수 있다는 것을 알게 된 그날의 경험으로 말에 대해 더욱 깊이 생각하게 됐고, 때에 따라서는 진심이 담긴 짧은 말의 영향력이 더 클 수 있다는 교훈도 얻게 되었다. 우연히 스치는 이들에게도 긍정적인 영향을 주는 말을 건네는 사람이 되고 싶다.

이해진

슬기로운 소비생활로 꿈을 찾아가는 네트워크 마케터
helping people live better lives
instagram.com/jinyjiny_love

8

1

가정 안에서

-부모-

[마음이 우는 말]

"나 아니면 못 태어날 뻔했다."

1남 2녀를 키우고 계셨던 엄마는 첫째와 10살 터울 막내인 나를 임신하셨다. 아들을 낳고 싶은 바람이었지만 태몽도, 입덧도, 증상도 딸 같아서 고민 끝에 낳지 않기로 했다. 불안한 마음에 친정에 가서 상의했지만, 이해받지 못하고 단호하게 돌려보내셨다고 한다. 그 이후 마음이 불안한 엄마는 병원 문 앞까지 몇 번을 왔다 갔다 하셨다. 주변 사람들은 엄마를 말렸고 결국

낳기로 마음을 돌렸다. 우여곡절 끝에, 난 우리 집 넷째 딸로 세상에 태어났다.

이런 과정을 겪어서 그런지 나는 엄마 껌딱지였고 어릴 때부터 울보라고 불릴 만큼 많이 울었다. 친척, 동네 어르신들은 나를 만나면 저마다 이렇게 말씀하셨다. "울보야! 내 아니었으면 못 태어날 뻔했다 아이가." "내 덕분에 태어났다 아이가." "너희 엄마 내가 말렸데이." 어린 나는 이 말을 듣고 어떻게 이해하고 받아들였을까?

어른들은 그냥 툭 내뱉는 한마디였지만 어린 나는 불안감을 더 크게 느낄 수밖에 없었다. 아마도 어린아이였던 당시의 나는 보호받고 존중받고 싶었던 마음이 가장 컸을 것이다.

어느 날 엄마가 잔병치레하던 나를 걱정하시며 "왜 자꾸 아프노?" 하고 말씀하셨다. 나는 순간 엄마를 향해 이 말이 툭 튀어나왔다. "내 안 낳을라다가 낳아서 그렇지!" "배 속에서 다 듣고 있었겠지!" 하고 말해 버렸다. 그동안 괜찮다고만 생각했던 내 마음이 진심이 아님을 알았다.

그 시절 돌이켜보며 어린 나와 엄마를 생각하니 가슴이 찡해진다. 힘들었을 엄마의 마음과 내 마음을 토닥토닥 어루만지며 '괜찮아.'라고 말해주었다. 다 이해할 수 있는 엄마가 된 지금은 "막내딸이 젤 좋제? 나 안 낳았음 어쩔 뻔했노?" 하며 진한 사랑을 표현한다. 사실 엄마의 존재만으로도 든든하고, 감사하다. 내 딸이 나에게 말한 것처럼, 나도 엄마에게 이렇게 말하고 싶다.

"엄마가 내 엄마라서 그냥 좋아. 낳아주셔서 감사합니다."

[마음이 웃는 말]

"네가 알아서 하고 싶은 대로 해 봐."

부모님은 항상 허용적이고 때로는 무심해 보이는 분들이시다. 그것이 편안하기도 했고 불편하기도 했다. 때로는 부모님의 챙김을 잘 받는 친구들이 부럽기도 했다. 또래에 비하면 부모님이 연세도 있으셨고 농사일로 바쁘신 것을 알았기에 불만을 입 밖으로 표현해본 적도 없다. 자취방 구하는 것도, 졸업식도, 진로에 대한 것도, 대학 진학 결정도, 직장의 입·퇴사 때도 크고 작은 일들을 모두 스스로 결정했다. 그게 신경 안 쓰이게 부모님을 돕는 일이라 생각했다.

어릴 때부터 그렇게 자라 와서 그런지 나는 환경에 대한 적응력도 빠르고 뭐든 알아서 스스로 하고 내가 하고 싶은 길을 찾았다. 학창 시절 한 번도 공부하라고 잔소리를 듣지 않았다.

중요한 일을 부모님께 상의하면 그저 묵묵하게 네가 알아서 하라고 믿어 주셨다.

허용적이시며 묵묵히 믿어 주시는 부모님 덕분에 자립심을 키워 왔고 어떤 일을 할 때 두려움 없이 자신감 있게 할 수 있었다. 돌이켜보니 어린 시절 환경적으로 채워지지 못했던 결핍이 나를 지금까지 성장하게 한 디딤돌이 되었음을 느낀다. 부모님께 배운 것처럼 우리 아이들에게도 "네가 알아서 해 봐." 하고 스스로 경험하고 선택할 수 있는 길을 열어주는 부모가 되기 위해 노력하고 있다.

2

가정 안에서

-자녀-

[마음이 우는 말]

"알았어! 한다고 했잖아!"

우리 집은 저녁을 먹고 나면 각자 해야 할 일을 하는 시간이 있다. 낮에는 조용했던 집이 저녁이 되면 평온함이 깨어질 때가 있다.

아이들은 해야 할 일을 하는 약속된 시간임에도 불구하고 장난을 치고 느긋하게 움직인다. 결국, 제시간에 다 못 해서 늦은 시간까지 이어지게 되는 경우가 있다. 그런 모습을 보고 답답한 마음에 처음에는 아이들에게 부탁을 해 보지만 결국은 비난 섞인 목소리로 강요하게 된다. 엄마의 화난 소리에 아이들은 "알았어! 한다고 했잖아!" 하고 짜증 섞인 말투로 대답한다. 퇴근해서 편안하게 쉬고 싶은 아빠로서는 이런 모습들이 편안하지 않기에 아이들을 야단칠 때가 종종 있다. 그런 상황이 반복될 때마다 내 마음도 불편해진다.

나는 아이들이 할 일을 할 때, 같이 책을 읽거나 강의를 들으면서 좀 편안하게 시간을 쓰고 싶다. 또 아이들이 집중해서 이른 시간에 끝내고 편하게 쉬었으면 하는 바람도 있다. 반면 내가 강의 듣는 시간에 아이들을 돌봐주지 못한 부분에 대해서는 신경이 쓰이고 미안한 마음도 있다.

일주일에 한 번 비폭력 대화 독서 토론에 참여하고 있다. 책을 읽고 독서 토론을 하면서 사례를 나누다 보면 평소 내가 하는 말에 대해 돌아볼 수 있게 된다. 내가 아이들에게 하던 말이 부탁이라고 생각했지만, 부탁보다는 강요가 더 많았음을 알게 되었다. 이후 내 말이 강요인지 부탁인지 한 번 생각하고 말하게 된다. 또 내가 원하는 것을 명확하고 긍정적이고 구체적인 행동 언어로 부탁하기 위해서 꾸준히 연습하며 노력 중이다.

"○○야, 우리가 약속한 공부 시간이 30분 지났는데 동생과 놀고 있는 걸 보면 엄마는 답답하고 짜증이 난다. 왜냐하면, 각자 해야 할 일을 하고 엄마도 너희들과 편히 쉬고 싶기 때문이야. 우리가 약속한 시간까지 책상에 앉아서 해야 할 일을 마무리해 줄 수 있겠니?"

[마음이 웃는 말]

"엄마가 내 엄마라서 그냥 좋아."

「우리 엄마를 소개합니다」

잘하는 것: 요리, 청소, 빵 만들기, 글쓰기, 자전거 타기, 책 읽기

좋아하는 것: 빵 만들기, 요리, 글쓰기, 책 읽기, 가족과 몽이랑 놀기

싫어하는 것: 게임을 하는 거, 몽이 침대에 올려놓는 것

모습: 단발머리, 시력 1.0, 키 162

얼마 전 딸이 학교 수업에서 엄마를 소개한 글이다. 아직 서툰 것과 내가 노력해야 하는 것이 먼저 눈에 들어와서 부끄럽기도 했다. 한편 엄마의 부족함마저 잘하고 좋아하는 것으로 바라봐주고 글로 표현해준 딸의 마음이 전해져서 뭉클해지고 고마

웠다.

아이들은 부모의 뒷모습을 보고 자란다. 이럴 때마다 조금 더 내 모습을 돌아보기도 하고 말하지 않아도 행동으로 보여주는 삶을 살아야겠다고 다짐하게 된다.

아이들에게 "엄마가 왜 좋아?" 하고 물으면 "엄마 냄새가 좋아.", "포근해." 하고 대답한다. 그리고 딸은 씩 웃으면서 이렇게 말한다.

"엄마가 내 엄마라 그냥 좋아."

이 말 한마디를 듣고 나면 내가 엄마가 되었다는 것이 실감난다. 아이의 말이 나의 마음 밭에 사랑의 씨앗을 가득 채운다. 애교 많은 딸 덕분에 표현이 서툰 엄마이지만 나도 진심을 담아 마음을 표현하게 된다.

"나도 너희들이 내 아들, 딸이라 그냥 좋아."

3

우정 안에서

-20대-

[마음이 우는 말]

"너희들 웃다가 찍혔어." "두고 보자."

중고등학교 고향 친구와 같은 대학교 같은 과에 입학했다. 서로 의지하며 같은 과에 다니는 것이 든든하고 좋았다. 우리는 평소 웃음이 많은 편이라서 이런저런 이야기하다가 웃게 될 일이 많았다. 낙엽만 굴러가도 웃는다는 말이 실감 날 정도로 많이 웃고 즐겁게 지냈다.

일 학년 때 MT에서 일어났던 일이다. 선후배 간 조별 프로그

램 진행 시간이 있었다. 장기자랑을 준비하다가 하필 그때 친구와 눈이 마주치고 웃음 코드가 맞아서 빵 터져 버렸다. 평소 과에서 말이 없었던 여자 선배 두 명이 우리가 웃었던 것이 불편했던 모양이다. 그것도 모르고 우리는 너무 신나게 MT를 즐기고 돌아왔다. 하지만 MT가 끝나고 과 친구에게 선배 두 분이 우리를 찍었다며 "두고 보자." 했다는 놀라운 소식을 듣게 되었다. 순간 우리가 뭘 잘못했는지 몰랐기에 당황스럽고, 걱정되었다. 그때부터 그 선배들이 지나갈 때 눈치껏 조용하게 다녔다.

다행히 걱정했던 것과 달리 그 이후로 별일 없이 잘 지나갔다. 그 당시 바로 소통이 이루어졌으면 서로에 대한 오해가 없었을 텐데 하고 아쉬움이 남기도 했다. 돌이켜보니 선배들은 원인 모를 웃음에 얼마나 신경 쓰이고 불편했을까 싶었다. 미안한 마음과 고마운 마음이 들었다. 친구와 나는 MT의 즐거움이 너무 컸지만 좋은 것도 넘치면 오해받을 상황이 생길 수 있다는 것을 느끼게 된 일이다.

[마음이 웃는 말]

"언니가 있어서 든든해요."

회사를 그만두고 쉬고 있을 때 온라인 맘카페에서 이사를 와서 친구를 만나고 싶어 하는 그녀의 글에 댓글을 달고 만남이 시작되었다. 우리는 고향도 다르고 나이도 다르고, 각자 다른 지역에서 살다가 왔다. 서로에 대해 알고 보니 남편들의 회사가 같았고, 천주교 신자였고, 같은 아파트 같은 동이었다.

맘카페에서 알게 된 만남이었지만 비슷한 점이 너무 많아서 그런지 더 끌렸고 빨리 가까워졌다. 우리 둘의 공통 관심사는 임신이었다. 아이가 생기지 않아서 서로가 힘든 시간을 보내고 있었다. 그 이후 동생과 나는 동지애로 똘똘 뭉쳤다. 뒷산도 산책하고, 성당도 같이 다니고, 아이를 맞이하기 전 건강한 몸 만들기를 하며 온종일 함께 보냈다. 하루하루 즐거운 추억들이 쌓여 갔고 어느새 아이를 기다리는 일도 기대와 설렘으로 변해 있었다. 함께하는 게 얼마나 큰 힘이 되는지 알 수 있었다. 그리고 감사하게도 우리 둘의 몸과 마음이 준비되었을 때 첫아이가 비슷한 시기에 찾아와 주었다.

자연스레 공동육아를 하면서 외롭지도 힘들지도 않았다. 엄마 배 속에서부터 친구여서 그런지 아이들은 다른 성향이지만 다른 듯 닮은 듯 성장했다. 어렸을 때부터 지금까지 싸운 적이 없을 정도로 서로에게 든든한 절친이 되어서 주변 사람들의 부러움을 사고 있다.

첫째도 둘째도 내가 먼저 육아를 시작했기 때문에 어려울 때 도움받을 일이 많았다. 동생은 마음이 한결같이 따뜻하고 배려를 잘해준다. 마음 표현이 어렵다던 동생이 말한다.

"언니가 있어서 든든해요."

나를 신뢰하고 있다는 느낌이 들어서 든든해지고 따뜻해진다. 지금은 아이들도 많이 컸고 각자 일하고 바쁘게 살다 보니 예전만큼 자주 만나지는 못한다. 그래서 가끔 서로 도우며 소소한 즐거움을 나누었던, 젖먹이들을 키우던 그 시절이 참 그립기도 하다. 우리 둘의 끈끈한 동지애가 서로에게 큰 힘이 되었던 것 같다. 우리가 함께하지 않았다면 아이를 기다리는 일과 육아라는 긴 터널을 홀로 힘들게 지나왔을 것이다. 정말 필요한 시기에 만난 우리의 인연에 감사하다. 내게 힘이 되어준 그녀에게 꼭 해주고 싶은 말이 있다.

"나도 네가 있어서 정말 힘이 되었어."

4

우정 안에서

-30대-

[마음이 우는 말]

"나 계모임 탈퇴할게."

대학교에 입학하여 기숙사에서 처음 만난 친구였다. 알고 보니 우리는 룸메이트였고 같은 과 친구였다. 처음이라 모든 게 낯설었지만, 그 어색함이 우리를 친한 친구로 이어주는 계기가 되었다. 이후 기숙사를 나와서 자취를 했을 때도 '방수니'라는 이름으로 서로 옆에 있었고 졸업 때까지 울고 웃을 일이 많았던 추억의 친구이다.

사회생활을 하면서는 서로 다른 지역에서 일하게 되어 자주 만날 수는 없었다. 내가 결혼을 하면서 지역이 가까워지면서 종종 만났다. 몇 년 후 친구도 결혼하고 직장 생활을 했고 나도 아이가 생기고 나니 만나는 횟수가 점점 줄어들게 되었다. 오랜만에 대학교 계모임 단체 카톡에 대화를 보내왔다. "나 계모임에서 탈퇴할게." 이유를 물었더니 특별한 이유 없이 그냥 탈퇴하고 싶다고 하였다. 친구들이 댓글을 달기도 전에 카톡 대화에서 나가버렸다. 개인 카톡으로 말려도 보고 몇 년이 지나서 연락해 보았지만, 연락이 되지 않았다. 아이가 바로 생기지 않아서 기다리는 중이라는 소식을 전해 들은 것이 끝이었다.

예상치 못한 일이라 처음에는 너무 당황스러웠다. 무슨 일이 있는지 걱정되었지만 말하고 싶지 않은 것 같아 자세히 물어볼 수조차 없었다. 한편 무슨 일인지 자세한 이야기를 해주지 않는 친구에게 서운함도 들었다. 그러고 몇 년이 흘렀고 보고 싶어 생일 때 연락해 보았지만 휴대전화 번호를 다 지웠는지 누구냐고 묻는 짧은 문자만 받았다.

시간이 더 지나서 친구가 보고 싶어서 연락해 보려 했지만 참았다. 이렇게 하는 데는 무슨 이유가 있겠지. 시간이 필요한 친구를 기다려주고 싶었다.

"친구야 네가 올 때까지 기다릴게, 찐 보고 싶다!"

[마음이 웃는 말]

"마음을 다 터놓게 하는 마법이 있어."

첫째 아이 유치원 수영 수업에 자원봉사자로 참여했다. 함께하던 엄마들 중 친해지고 싶은 분이 있어 눈여겨보고 있었다. 이후 봉사 시간이 변경되어 잘 만나지 못해서 아쉬워하고 있던 찰나, 집 근처를 지나가는 중에 연락이 닿아 만났다.

만나서 이야기하다 보니 통하는 것이 너무 많았다. 아이들이 유치원 같은 반 절친이라는 사실을 알게 되었고 우리 역시 동갑내기였다. 우연히 돌아가신 부모님 이야기를 나누던 중 슬퍼서 눈물 콧물 다 흘리다가 급속도로 더 친해졌다. 우리는 잘하는 것도, 못하는 것도, 좋아하는 것도, 허당 끼도 닮은 꼴이다. 만나면 다양한 이야기를 풀어내며 서로 공감해주기 바쁘다. 특히 좋은 것이 있으면 같이 실천해 보기도 한다. 나의 이야기를 항상 긍정적으로 바라봐주고 응원해 주는 친구가 있어서 힘이 된다.

친구가 어느 날 "너는 상대방을 편안하게 해주고 마음을 다 터놓게 하는 마법이 있어."라고 말해주었다. 그것이 마법이라면 마법을 잘 쓸 수 있도록 옆에서 도와주는 친구의 역할이 더 중요하다는 것을 안다. 항상 긍정적이고 마음이 통하는 친구가 있어서 고맙다. "친구야 몰랐지? 너에게도 그 마법이 있다는 걸."

5

사회 안에서

-학교-

[마음이 우는 말]

"○○번 나와!"

중학교에 입학하자마자 바로 소문이 날 정도로 무서운 선생님이 있었다. 빼빼 마른 몸에 긴 교수 봉을 들고 한쪽 눈이 매서워서 평범해 보이지 않은 분이셨다.

선생님이 복도를 지나가면 모든 학생이 긴장할 정도로 무서웠다. 수업 시간 5분 전에는 학생들이 다 자리에 앉았고 저 멀리 선생님이 오시는 모습을 보면 교실이 언제 시끄러웠냐는 듯 조용해졌다. 수업 시간도 마찬가지였다. 언제 내가 불릴지 모르는 긴장감이 돌았다. 날카로운 목소리로 "오늘 당번, 당번 앞, 뒷사람, 오늘 날짜 ○○번 나와!" 하고 칠판 앞으로 나오게 했다. 불려 나온 학생들은 질문에 대답하고 지도에 있는 위치를 맞추었다. 누가 걸릴지 아무도 모르는 교실 안은 엄청난 긴장감으로 숨소리조차 들리지 않았다. 시험이 끝나도 끝난 게 아니었다. 선생님이 정해 놓은 점수 이하가 되면 차례대로 줄지어서 처벌을 받는다. 처벌을 받는 모습도, 그것을 지켜보고 있는 상황도 무서웠다.

요즘 세상에 있을 수 없는 일이다. 그때는 싫어도 대꾸할 수조차 없었다. 튀고 싶지 않고 용기가 없었던 것도 사실이다. 오래전 중학교 교실에서의 느낌을 떠올려보면 겁나고, 불안하고, 속상하고, 부끄럽고, 억울하고, 화나고, 무서웠다. 학생들을 잘 가르치고 싶은 선생님 마음은 이해가 된다. 하지만 말투, 눈빛, 행동들은 비난이었고 강압적이었기 때문에 그 부분에서는 선생님을 이해할 수 없다. 학생들이 공부를 좀 더 잘했으면, 좋은 성적을 받았으면 하셨다. 그러나 선생님의 그런 모습은 오히려 학생들의 열심히 공부하려는 의지와 선생님을 존경하고 싶은 마음을 꺾어놓았다.

[마음이 웃는 말]

"너희는 내가 닮고 싶은 부부야."

어릴 때부터 코 흘리며 울고 웃을 일이 많았던 추억의 배꼽 친구가 있다. 고향을 떠나서 다른 지역에서 각자 학교에 다니고 사회생활을 하면서 지냈다. 자주 만나지는 못하지만, 고향에 갔을 때 잠깐 만나도 자주 만난 것 같이 통하는 것이 많은 친구이다.

고등학교를 졸업하고 친구는 바로 취업을 했고 뒤늦게 자신이 하고 싶은 것이 생겼을 때 대학교에 입학했다. 어렸을 때 친구의 모습을 생각해보면 종이만 있으면 늘 사람을 그리고 다양한 옷을 그리고 놀던 모습이 떠오른다. 친구의 그림 실력을 보고 부러워했던 기억이 난다. 친구는 다른 일을 하다가 몇 년 전에 어린 시절 꿈이었던 디자이너가 되었다. 자기가 하고 싶은 목표를 정하고 그 길을 찾아가는 그런 친구의 모습이 대견하고 멋있어 보인다.

친구는 결혼해서 사는 우리 부부의 모습을 보고 좋았던 모양이다. 주변 사람들이 다 결혼을 권하지 않는데 유일하게 우리 부부가 결혼을 권한다고 했다. 그리고 우리 부부에게 종종 하는 말이 있다.

"너희는 내가 결혼하게 되면 닮고 싶은 부부야."

친구에게 이런 이야기를 들을 때마다 다시금 우리 부부 모습을 뒤돌아보게 된다. 누군가가 닮고 싶은 부분이 있다는 말은 내가 더 잘 살아내야겠다고 다짐하게 되는 고마운 말이다. 친구는 또래에 비하면 꽤 늦은 나이에 결혼했다. 지금은 어린 쌍둥이 아들, 딸을 키우고 있다. 쌍둥이를 키우며 맞벌이까지 하고 열심히 사는 친구 부부의 모습을 보면 더 대단하다는 말이 절로 나온다. 그런 친구가 우리 부부를 롤 모델로 삼아 주어 힘이 되고 감사하다.

시간이 지난 지금 친구 부부가 맞벌이하며 육아를 하고 사는 모습을 보면 오히려 내가 더 닮아 가고 싶은 부분이 많다. 나도 친구에게 말해주고 싶다. "○○야 너희도 내가 닮고 싶은 부부야."라고.

6

사회 안에서

-직장-

[마음이 우는 말]

"줄 똑바로 맞출 때까지 퇴근 못 해요!"

내가 사회복지사로 처음 근무했던 곳은 사회복지 분야에서도 일하기에 '빡시다'고 할 만큼 매우 힘든 곳이었다. 그래서 그 기관을 나오면 '일 잘한다.' 소문이 돌 정도였다. 관장님은 기관의 내적·외적 이미지를 중요시하고 사업기획에서부터 결과까지 철저하게 관리하시는 분이었다.

4월 광역시 장애인의 날 행사를 준비하고 있었다. 행사 전

날, 전 직원이 동원되어 장소 세팅과 총연습을 마쳤다. 하지만 하나의 관문을 통과하지 못했다. 미끄럼 방지 매트와 의자가 삐뚤다는 것이었다.

"줄 똑바로 맞출 때까지 퇴근 못 해요!"

기관장의 말에 모든 직원이 긴장의 끈을 놓을 수가 없었다. 급기야 몇 번이나 다시 세팅하고 줄자까지 동원해 자정이 되어서야 마무리가 되었다.

행사 주간 동안 계속 퇴근 시간이 늦어졌고 직원들은 지쳐 있었다. 제시간에 식사도 못 하고 일방적인 늦은 퇴근 통보에 당황스러울 수밖에 없었다. 행사 준비 동안 직원들의 관점에서 한 번도 배려받지 못했기 때문에 몸과 마음이 지쳤었다. 답답하고 짜증 나는 마음에 뒷말도 했지만 일이 힘들어도 잘 이겨 낼 수 있었던 것은 직원들 간의 단합 덕분이었다. 완벽하게 준비한 행사는 잘 진행되었고 안전하게 마무리되었다. 밥도 못 먹고 자정을 넘기며 일했던 그 당시에는 이해할 수 없었지만 돌이켜보니 시청과 함께하는 큰 행사였고 장애인들의 안전을 위한 준비였다고 생각하니 기관장님의 입장이 이해되었다.

당시 직장에서는 주로 상하 수직관계로 모든 일이 이루어졌다. 그 경험으로 일을 할 때 가장 중요한 것이 직원들 간 존중과 소통이라는 것을 배웠다. 그래서 내가 직장 상사가 되었을 때

직원들 간의 소통을 최우선으로 실천하려고 노력했다.

[마음이 웃는 말]

"괜찮다. 내가 다 책임질게."

가톨릭 재단에서 운영하는 종합사회복지관에서 사회복지사로 근무할 때의 일이다. 관장님은 신부님이셨고 항상 직원들 관점에서 먼저 생각해 주는 분이라 일이 힘들지 않고 즐거웠다.

초행길, 초보운전인 나는 복지관 행사 준비로 물품 구매차 운전해서 마트를 가던 길이었다. 주차장으로 올라가는 길에 뒤차가 너무 바짝 붙어 따라와서 걱정되어 깜빡이로 사인을 보냈다. 순간 긴장을 하는 바람에 브레이크를 밟아 차가 뒤로 밀려서 사고가 났다. 첫 사고로 너무 놀라 겁을 먹은 나는 떨려서 아무것도 할 수 없었다. 곧 관장님께서 달려와서 사고 처리를 해주시며 안심시켜 주시고, 괜찮다고 다독여 주셨다. 떨리는 마음은 어느덧 긴장이 풀리고 든든해져 안정되었다.

그뿐 아니라, 관장님은 직원들이 지역 관계 기관과 일을 처리할 때나, 새로운 사업을 진행할 때 염려되거나 부딪히는 부분이 있어 의논드리면 이렇게 말씀해 주신다.

"괜찮다. 걱정하지 마."

"하고 싶은 대로 진행해 봐."

"사인은 내가 했으니 내가 책임질게."

일 진행이 되지 않고 힘든 일이 있어도 관장님이 책임져 주신다는 말을 들을 때마다 마음이 든든해지고 자신감과 책임감이 생겼다. 기관장님이 직원들을 믿어 주셔서 일을 더 열심히 하게 되고 도전하게 된다. 직원들에게 무조건 책임을 묻는 직장 상사와 일했을 때보다 믿어 주고 잘못되는 일이 있으면 책임지겠다고 하는 직장 상사와 일했을 때 일의 능률도 높았다. 기관장님으로부터 넓은 시야로 보는 눈과 신뢰와 책임감이 얼마나 중요한지 배우게 되었다.

"기관장님, 믿고 든든하게 지원해 주셔서 무엇이든 도전할 수 있었습니다. 감사합니다."

7

사회 안에서

-이웃-

[마음이 우는 말]

"아이들이 하루 종일 뛰는데 조용히 좀 하고 삽시다!"

아이들이 자라고 나서 처음으로 이사를 하게 되었다. 이사를 앞두고 좋은 이웃을 만났으면 하는 기대감과 층간소음 갈등에 대한 걱정이 앞섰다. 한 번도 경험해보지 못하고 TV나 지인들을 통해서만 들었었기에 층간소음은 내게 먼 나라 이야기였다. 하지만 이사 후 얼마 지나지 않아서 층간소음의 고충을 실제로 겪게 되었다.

이사 후 삼 일째 아래층 아주머니가 찾아왔다. 화장실 소리, 발걸음 소리, 휴대전화 진동 소리, 동선 이동까지 다 알 만큼 소음이 잘 들린다고 하였다. 코로나로 집에서 아이들이 공부하고 있고 남편은 재택근무 중이라 서로 신경을 썼으면 한다고 이야기하였다. 같은 아파트에 10년을 넘게 살면서 층간소음을 한 번도 겪어보지 못한 나는 조심해야겠다고 생각했지만, 한편으로는 이제 시작인데 앞으로 생활이 막막해지기도 했다.

2주일이 지난 후 저녁 식사 중에 인터폰이 울렸다. 아래층 아저씨가 짜증 섞인 말투로 이야기했다.

"애들이 하루 종일 뛰는데 조용히 좀 하고 삽시다. 공부도 일도 못 할 정도예요!"

순간 나도 모르게 "죄송합니다."라는 말이 나왔다. 전화를 끊고 생각해보니 밥을 먹는 중이었고 학원 갔다 밖에 놀러 간 아이들이 하루 종일 뛰었다니 이해할 수 없었다. 다시 연락해서 시끄러운 소리가 날 때 바로 인터폰으로 확인해달라고 부탁했다. 우리가 집을 비웠던 지난 주말은 어땠는지 물었더니 조금 덜 시끄러웠다고 했다. 주말은 우리 가족이 2박 3일 동안 집을 비웠다는 말을 전하고 나니 그제야 목소리가 수그러들어 전화를 끊고 상황이 종료되었다.

한동안 윗집에서 뛰는 소리와 발걸음 소리가 들릴 때마다 아래층에서 우리 집이라고 오해할까 싶어 신경이 쓰이고 온 가족이 예민해지기도 했다. 어디서 소리가 나는지 알 수 없는 것이 층간소음인데 자세히 확인도 하지 않고 화부터 먼저 내니 듣는 처지인 나는 당혹스럽고, 화가 났다. 그 이후 층간소음 문제는 없어졌고 우리 가족들도 작은 생활 소음에 조심하려고 노력 중이다. 층간소음은 서로 예민해지는 부분이다. 먼저 윗집을 탓하고 화내기보다 이웃 간 서로 따뜻한 말 한마디 배려가 필요함을 느끼는 일이었다.

[마음이 웃는 말]

"우리 같이 해 봐요."

이사를 앞두고 셀프 도배를 고민하고 있던 나에게 아파트 지인들이 도와주겠다고 했다. 정말 고마우면서 마음 한편으로는 민폐 끼치는 것 아닌가 하는 생각에 미안함이 더 컸다. 고민 끝에 셀프 도배를 결정했고 시간적인 여유가 없었기에 이웃들의 도움을 받기로 했다.

셀프 도배 경험이 한 번도 없는 사람들이 모여 반나절 만에 도배를 끝내야 했다. 무식한 게 용감하다는 말을 실감했던 날이었다. 전문가가 했다고 할 정도로 정교한 작업이 이루어졌다. 지인들이 하나둘 다녀가며 벽지도 떼 주고, 커피와 간식거리를 사 와서 응원해 주었다. 도배하는 내내 웃음이 끊이지 않았고 손재주꾼 지인들 덕분에 자정이 가까이 되어서야 무사히 끝났다.

어벤저스급 자칭 율푸 미인들 덕분에 걱정되었던 마음이 고맙고, 뿌듯하고, 든든함으로 변해 나의 마음을 채워주었다. 고민거리가 있을 때, 혼자 하기 힘든 일이 있을 때 누군가가 손을 내밀어 주고 그 손을 잡으면 힘은 배가 되어 돌아온다. '같이하자'는 말은 언제 들어도 용기를 내고 도전하게 만드는 힘이 있는 말이다. 나도 누군가가 고민을 먼저 말해주기를 기다리기보다 내가 먼저 손을 내밀어주는 사람이 되려고 한다.

최주원

이미 받은 것으로 만족하고
더는 욕심내지 말아야 한다.

-마하트마 간디-

셀프 행복 테라피스트
내 안의 우주를 만나면 나만의 행복도 만난다
https://blog.naver.com/tamarixkr

9

1

가정 안에서

-부모-

[마음이 우는 말]

"장남이 합격했으면 더 좋았을 텐데."

대학을 졸업하고도 취직을 못 해 이런저런 시험에 응시했다. 합격한 회사 중 제일 괜찮은 회사에 합격 통보를 받고 기쁜 마음으로 엄마에게 말을 했다.

"엄마! 나 드디어 합격했어. 나도 취직했어! 취직했다고!"

"그래 잘됐다. 그런데 너보다 집안의 기둥인 장남이 합격했으면 더 좋았을 텐데."

수고했다거나 축하의 말이라도 먼저 해 주셨으면 그나마 위안이 되었을 거다. 내가 합격한 기쁨보다는 취직 못 한 남동생에 대한 안타까운 마음이 더 크게 느껴지는 엄마의 말이었다.

어린 시절 엄마의 남동생 사랑은 유별났다. 나는 갈 엄두도 못 냈던 유치원을 남동생은 보내셨다. 그렇게 가고 싶었던 피아노 학원은 안 보내주시고, 남동생은 주산학원을 보내셨다. 하지만 남동생이 결석하자 돈이 아까워지신 엄마는 피아노 학원이 아닌 주산학원을 가라고 하셨다. 그때 다녀본 몇 개월이 학창시절 다녀본 학원 전부다.

엄마의 태도가 섭섭하기만 했는데 나이가 들면서 이해되는 부분이 생겼다. 엄마는 가부장적인 문화 속에서 자라셨다. 그러니 그걸 당연하고 자연스러운 부모의 모습으로 알고 계셨다.

가부장적인 문화 속에서 교육의 기회도 없이 자라신 엄마에게 남녀평등의 개념이 무리가 있음을 인정한다. 엄마의 상황은 이해를 넘어 공감하지만, 못내 서운했던 마음이 지금까지 남아 있다.

듣기 힘든 말을 듣고 드는 내 느낌은 내 욕구에서 비롯된다.

[마음이 웃는 말]

"강사 되더니 말은 잘하네!"

엄마는 자기주장이 강하셨다. 당신의 의견에 대한 확신으로 강요하시는 느낌이 들 때도 많았다. 어느 날 퇴근하니 딸들에게 한 공기씩 가득 담긴 밥을 주고 계셨다. 그리고 말씀하셨다.

"무조건 다 먹어라. 다 안 먹는 아이는 과자 안 준다!"

그걸 본 순간, 아이들이 시키는 대로 해야 하는 상황에 계속 노출될 때의 영향이 떠올랐다. 자기 생각이 없는 수동적인 성격이 되고 남의 눈치를 보게 될까 염려되었다. 아이들이 그렇게 자라는 걸 도저히 상상할 수 없던 난 엄마와 대화를 시도하기로 마음먹었다.

아침마다 육아에 관한 이야기를 나누는 것이다. 첫날 심호흡을 하고 용기를 내어 말했다.

"아이들에게 무조건 강요하면 자기 스스로 생각하지 못하게 되고 남의 눈치만 보는 아이가 된다고 해. 그러니까 아이들에게 자기 의견을 말할 수 있게 기회를 주고…."

"잘났다. 너는 배운 거 많아 좋겠다!"

내 말이 채 끝나기도 전에 가시 돋친 말이 날아왔다. 서슬 퍼런 모습에 간이 서늘했다. 하지만 아이들의 미래를 생각하면 엄마와의 대화를 멈출 수 없었다.

대화가 1년이 넘게 계속되던 어느 날, 나의 말을 다 듣고는 웃으시며 하시는 엄마의 말씀.

"강사 되더니 말은 잘하네!"

엄마 방식의 칭찬으로 내 말을 인정해 주셨다. 60이 넘으신 연세에 주장도 강하셨던 분이 그 뒤로 육아 방식을 바꾸려 노력해 주셨다.

엄마께 들은 제일 기억나는 칭찬이다. 당신 생각을 바꾸기 힘든 연세에도 딸의 생각에 공감하며 따라 주신 건, 나에 대한 사랑이었다. 역시 사랑은 내리사랑임을 다시 한번 느꼈다.

우리가 원하는 것을 명확하고 긍정적이며 구체적인 행동언어로 부탁한다.

2

가정 안에서

-부부-

[마음이 우는 말]

“여자 친구한테 가서 구구절절이 이야기해!”

남자와 여자가 결혼하면 다양한 면에서 트러블이 발생한다. 특히 남과 여라는 성별 차이도 일상 속에서 복병처럼 불쑥불쑥 나타나 다툼을 일으킨다.

신혼 시절 일이다. 회사에서 동료랑 사소한 다툼이 있었다. 집에 와서도 불쾌한 기분이 남아 남편에게 하소연하기로 했다. 그냥 두면 하다 만 설거지처럼 신경 쓰일 게 분명했다. 이야기가 막 본론으로 들어가 흥분하려고 하는 순간이었다.

"그래서 결론이 뭔데?"

남편이 말을 대뜸 잘랐다. 기분이 약간 상했지만 요약해서 결론까지 말했다. 그러자 남편이 "그런 경우는 좀 참아주지. 당신이 잘못했네. 내일 가서 잘 해결해 봐."라고 말했다.

'누가 그걸 모르나. 이왕이면 내 편 들어주면 안 되나….' 속으로 이런 생각을 하며 뭔가 이야기를 하다 만 느낌이라 다시 이야기를 꺼내자, "내일 가서 해결하라고 알려줬잖아. 그런 이야기는 여자 친구한테나 가서 구구절절이 이야기해!"라고 버럭 소리를 지르고 벌떡 일어나 나갔다. 너무 어이가 없어서 멍하니 앉아 있었다. '이런 사람을 믿고 결혼했나.' 섭섭함으로 꽤 오랫동안 남편에게 말을 안 했다.

세월이 좀 지나고 책을 보다 차이를 알게 되었다. 남자는 해결을, 여자는 이야기를 하고 싶어 한다는 것을. 이럴 때 대처법도 있었다. 남편에게 내 말을 들어달라고, 해결책은 필요 없다고 설명하는 방법이다. 내 말이 끝나면 "그랬구나."라고만 대답해 달라고 요청하는 방법도 있었다.

남녀가 만나 결혼을 하고 서로를 배려하며 사는 건 그냥 되는 게 아니었다. 현명하게 잘 살기 위해 배워야 할 게 너무 많은 세상이다.

공감이란 다른 사람이 경험하고 있는 것을 존중하는 마음으로 이해하는 것을 말한다.

[마음이 웃는 말]

"특별히 태워줄게."

남편은 차를 매우 아낀다. 결혼하자마자 그동안 들었던 적금으로 차를 샀다. 얼마 되지 않아 친정에 가다가 전봇대에 부딪혀 백미러가 떨어진 사고를 두고두고 가슴 아파했다. 드라이브도 좋아해서 아침에 혼자 가곤 한다. 그래서 남편은 가족의 요청 중에 데려다 달라는 말을 제일 잘 들어준다.

그런 남편이 언제부턴가 데려다 달라고 하면 이런저런 이유를 대며 안 태워주거나 데려다주면서 바쁘니, 피곤하니 하며 마음 불편하게 했다. 차츰 가족들이 데려다 달라 말하지 않게 되었다.

야행성이던 그 무렵의 나는 아침에 어쩔 수 없이 요청해야만 했다.

"오늘 태워주면 정말 감사할 텐데." 계면쩍은 웃음과 함께 말을 하니 "그러게 밤엔 딴짓하지 말고 일찍 자라고 했잖아! 그리고 지금은 곤란해." 하며 거절했다.

이런 경우 지각을 하더라도 두 번 부탁하지 않았다. 그제야 남편은 선심 쓰듯 말한다.

"내가 곤란한 상황이지만 오늘만 '특별히' 태워줄게!"

처음엔 태워준다고 너무 유세한다고 생각했다. 자꾸 보니 가족들이 게을러질까 염려로 하는 잔소리였다. 그래도 마음이 쓰이니 '특별히'라는 말까지 하며 태워 주는 것이다. 가족을 걱정하는 따뜻한 속마음과 그와 반대로 퉁명하고 서투른 사랑 표현 방식이 너무 안타까워 마음이 짠했다.

요즘은 일부러 태워달라고 한다. '특별히'가 나오면 기쁘게 고맙다고 한다. 남편은 밝은 얼굴로 태워준다. 가는 동안 노래도 듣고 라디오를 듣다가 같이 깔깔거리기도 한다.

알고 나면 이해 안 되는 일이 별로 없다. 특히 가족에게 조금만 관심을 가져보자. 차비가 줄어서 용돈도 생기고 소나기가 오더라도 걱정이 없다.

어떤 말로 표현하든 상대의 느낌과 욕구, 삶을 풍요롭게 하기 위해 하는 부탁이다.

3

가정 안에서

-자녀-

[마음이 우는 말]

"돈 없는 집에서 꼭 그렇게 말해요!"

막내가 초등학교 저학년 때다. 그때 막내가 사귄 친구는 아주 넓은 평수에 사는 아이였다. 늘 친구 집에 가서 놀았다. 놀러 갔다 오면 신기한 표정으로 한마디씩 비교하는 말을 했다.

"화장대 있는 방이 우리 큰 방만큼 넓어요."

"냉장고도 엄청나게 크고 먹을 거도 많아요."

이런 말을 들으며 아이가 돈에 대해 관심이 많다고 생각했다.

방학이 끝날 무렵, 친구는 유럽에 갔다 왔는데 우리는 언제 가냐고 물었다. 유럽에 가 본 적이 없는 나는 할 말이 없어 난감했다. 대답을 못 하는 나에게 아이가 또 한마디 덧붙인다.

"방학 때마다 가서 싫은 걸 엄마 때문에 억지로 갔다 왔대요."

"우리도 언제든지 엄마 회사 휴양소 가잖아. 매번 가고 싶은 장소 골라서 가고, 음식도 맛있고, 영화도 맘껏 보고, 컴퓨터 게임도 하고."

그 말이 끝나자마자 딸이 쏘아붙이듯 말한다.

"돈 없는 집에서 꼭 그렇게 말해요!"

그 순간 전혀 생각지도 못한 아이의 말에 충격을 받았지만 애써 평정을 찾으려 노력했다. "친구는 가기 싫은데 억지로 갔지만, 우린 가서 재미있게 보내잖아. 유럽 가서 재미없는 것보다, 휴양소 가서 재미있게 지내는 게 더 좋게 느껴지는데?"

딸이 이 말에는 수긍하면서 대화는 일단락되었다.

졸지에 돈이 없어 유럽도 못 가면서 구차한 변명만 하는 엄마가 되어버렸다. 무엇보다 모든 걸 돈을 기준으로 판단하는 아이가 걱정되었다. 학년이 바뀌고 그 친구랑 헤어지면서 그런 태도도 점차 사라졌다.

지금은 웃으면서 이 에피소드를 이야기하곤 한다. 이제 아이는 오히려 돈에 관해 관심이 없는 성향이다. 관리도 잘 안 해서

주머니마다 잔돈이다. 가끔 아이의 경제 관념이 걱정되기도 한다. 잘 자라줘서 감사하고 잘 헤쳐나가리라 믿어본다.

비교는 판단의 다른 형태로 삶을 소외시키는 대화 방법이다.

[마음이 웃는 말]

"엄마한테 하는 말 아니에요."

꽤 오래전 『시크릿』이라는 책을 읽은 적이 있다. 긍정적인 것을 끌어당겨야 한다는 말을 보고 그때부터 TV, 신문 등을 안 본다. 대부분 부정적인 내용이기 때문이다. 대중매체를 안 봐도 늘 바쁘고 하고 싶은 게 너무 많았다. 회사 근무시간도 많았고 개인적으로 독서니 모임이니 TV 볼 여유가 없었다.

어느 날 퇴근해 오니 드라마광인 둘째 딸이 TV 앞에 딱 붙어서 보고 있었다. 그 모습이 너무 진지한 게 웃겨서 옆에 가서 앉았다. 뜻밖에도 재미있었다.

잘생긴 남자 주인공을 보는데 눈이 시원해지는 기분이 들었다. 밤을 꼬박 새우며 지나간 회차를 보고 다음 날 딸과 같은 자세로 다음 회를 이어 보았다. 그 뒤로 마음이 가는 드라마가 있을 때 TV를 보곤 했다.

마음에 드는 드라마가 생기면 일상이 뒤죽박죽되어버린다. 지나간 회차를 몰아서 보느라 동이 터 올 때까지 드라마를 보게 된다. 해야 할 일들이 밀린다. 읽어야 할 책도, 집안일도 모두 멈추어 버린다.

그날도 오래간만에 마음에 드는 드라마에 심취해 있었다. 막내가 지나가며 슬쩍 한마디 건넨다.

"그거 엄마한테 하는 말 아니에요."

처음엔 무슨 말인지 몰라 어리둥절하다가 다시 드라마로 돌아갔다.

그 말이 자꾸 생각난 건 다음 날이다. 그 말을 이해했기 때문이다. 그 말의 의미는 "남자 주인공이 하는 말은 엄마한테 하는 말이 아닌데 엄마는 마치 자신에게 하는 말인 양 듣고 있네요." 이다.

그러고 나니 드라마가 갑자기 재미없어졌다. 정말 남자 주인공이 나한테 하는 말처럼 보고 있었다. 나 자신도 못 보고 있던 마음을 알아차린 막내가 대견했다.

막내의 통찰력 덕분에 다시 TV를 보지 않게 되었고 드라마 보느라 보낸 시간이 잠자는 시간, 책 보는 시간 등으로 원래대로 돌아왔다. 꽤 오랫동안 고맙고 기특한 마음을 가지고 있었다.

언젠가 둘째에게도 똑같은 말을 하는 걸 보았다. 둘째에게 막내의 기특한 통찰력을 칭찬했다. 둘째가 웃음을 참지 못해 데굴데굴 구르면서 하는 말에 머리를 한 대 맞은 기분이었다.

"그 말 예능 프로그램 보고 패러디한 거예요. 하하하!"

지금도 막내의 통찰력을 믿고 싶다.

우리는 자신이나 다른 사람의 잘못보다 우리가 진정으로 원하는 것에 집중함으로써 좀 더 평화로운 내면 상태를 유지할 수 있다.

4

우정 안에서

-10대-

[마음이 우는 말]

"칠판도 안 보이면서."

10대 시절, 그날의 선명함은 벅찬 감동이었기에 지금도 손에 잡힐 것처럼 느껴진다. 내가 처음으로 안경을 착용했던 날이다. 비 오는 날이었는데도 학교 가는 길에 모든 것이 다 또렷하고 선명했다. 마치 처음 가는 길처럼 신선하고 보이는 모든 게 새롭게 다가왔다.

나는 아주 어릴 때부터 시력이 나빴다. 아동기에 찍은 사진을 보면 늘 눈을 찡그리고 있다. 새 학기가 되면 늘 자리를 앞으로 바꿨다. 키가 컸던 나는 늘 뒤에 앉은 친구에게 칠판을 가린다는 원망을 듣곤 했다.

4학년이 되었다. 아침 등교를 하면 늘 칠판에 자습 문제가 적혀 있었다. 1교시 시작 전까지 문제를 풀어 놓아야 했다. 그런데 내 남자 짝은 자습 시간 내내 돌아다니고 놀기만 했다. 칠판이 보이지 않는 나는 짝에게 말했다.

"제발 자리에 좀 앉아서 자습 필기해. 선생님 오시겠다! 문제도 풀어야 하잖아."

짝은 내 잔소리가 기분이 나빴는지 보복하듯 말했다.

"칠판도 안 보이면서, 필기한 거 안 보여준다."

그 순간 눈이 안 보여 느꼈던 서러움이 한꺼번에 몰려오면서 눈물이 핑 돌았다.

비 오는 날인데도 모든 게 선명했던 그날, 혼자 보란 듯이 자습 문제를 필기하고 다 풀었다. 그리고 정답을 보여 달라는 짝의 말을 못 들은 척 끝까지 무시했다. 그렇게 일전에 받았던 서러움을 복수했다.

그 남자 짝에게 이제는 미안했다고 말하고 싶다.

'사실 네 잘못도 아니었는데 미안해. 아침마다 필기 보여주었는데 한 번도 말을 못 했네. 정말 고맙다.'

내 마음에 들지 않는 다른 사람을 공감하려는 노력은 자신의 스트레스를 줄인다.

[마음이 웃는 말]

"공부가 전부가 아니야. 친구도 필요해."

가장 열심히 공부한 학창 시절을 꼽으라면 중학교 1학년이다. 초등학교보다 과목도 다양해지고 시험도 많아졌다. 처음엔 무조건 처음부터 끝까지 전부 다 공부했다. 열심히 해도 생각만큼 성적이 안 나왔다.

이른바 출제 경향이라는 게 있음을 알았다. 선생님이 강조하신 내용이란다. 수업 시간에 아무리 집중해도 경향을 파악하는 게 나에겐 어려웠다. 일부 아이들은 과목마다 다른 선생님 마음에 들어갔다 나온 것처럼 예상 문제를 척척 맞히는 게 신기했다.

그렇게 성적과 씨름하느라 다른 건 눈에 들어오지 않았다. 그날도 학교에서 혼자 나머지 공부를 하러 도서관에 가려는 중이었다. 나에게 다가오는 같은 반 친구가 있었다.

같이 가면서 이런저런 이야기를 했다. 말은 하고 있었지만,

생각은 지금부터 해야 할 공부에 가 있었다. 헤어질 무렵 친구의 진심이 담긴 말 한마디가 귀에 남았다.

"공부가 전부는 아니야. 친구도 필요해."

어른이 되고서야 알았다. 친구도 중요함을 알려주고 싶었다는 걸. 학원 다니는 아이들과 달리 혼자 애쓰는 나의 친구가 되어주고 싶었다는 것도. 이름도 얼굴도 기억나지 않지만, 그 따뜻한 마음으로 행복하기를 진심으로 바란다.

> 비폭력이란 우리 마음 안에서 폭력이 가라앉고 자연스럽게 본성인 연민으로 돌아간 상태이다.

5

우정 안에서

-20대-

[마음이 우는 말]

"사람 없다고 어떻게 그럴 수 있니?"

학창 시절이 아닌 사회생활에서 진정한 친구가 된다는 건 정말 어렵다고들 한다. 나는 동갑이라는 공통점으로 만나 30년 가까이 된 직장동료이자 끈끈한 친구들이 있다.

동갑내기 세 명이 친구가 된 지 얼마 되지 않았을 때로 기억된다. 여직원 휴게실에 갔다가 한 명의 친구를 만났다. 때마침 휴게실엔 우리밖에 없었다. 우리는 지금 없는 친구에 대해 험담을 시작했다. 다소 감정의 기복이 있는 친구라 그로 인해 둘 다 마음에 상처가 있었다. 누가 먼저랄 것도 없이 신나게 이야기에 열을 올렸다.

한참을 이야기에 열중했다. 그때 안쪽 칸막이 뒤에서 누가 나왔다. 둘이서 험담을 하고 있던 바로 그 친구였다. 그야말로 딱 걸린 것이다.

"사람 없다고 어떻게 그렇게 말을 할 수가 있니? 그러고도 우리가 친구니?"

너무도 당연한 친구의 항변이었다.

그 뒤 석 달 정도 무조건 미안하다는 사죄의 자세로 지냈던 것 같다. 서로 의견이 다를 때는 먼저 그 친구의 의견을 반영했다. 요구사항이 있으면 웬만하면 들어주려 노력했다. 그 뒤로도 많은 트러블이 있었지만 우린 슬기롭게 지나왔다.

세상에 공짜는 없다. 서로가 인내하고 배려해 왔던 시간에 감사한다. 조금 서운해도, 조금 억울해도 순간에 흔들리지 않고 쌓아왔던 시간을 요즘 와서 다시 꺼내 보곤 한다. 먼지 털어가며 지난 세월 속에서 끄집어낸 추억을 나누는 재미가 쏠쏠하다.

"애들아! 나랑 친구 되어줘서 고마워. 올해는 한 달에 한 번은 보자는 약속 지켜보자."

자신의 솔직한 느낌을 표현하는 것이 갈등을 해결하는 데 도움이 될 수 있다.

[마음이 웃는 말]

"내 아들이야. 벌써 4살이야!"

사람마다 인생 곡선이 있다. 삶의 곡선은 상승과 하강의 반복이다. 나의 20대 상승곡선의 시작은 단연코 취직이었다. 일단 공무원 시험을 목표로 잡았다. 시험이 가을이라 봄, 여름에 있는 2곳까지 총 3곳의 시험에 응시하게 되었다.

그해 늦은 가을, 우체국 앞 공중전화에서 최종 합격을 확인하고 돌아서는데 누가 아는 척을 했다. 초등 5학년 때 단짝이었던 친구였다. 처음엔 반가운 마음으로 안부를 묻다가 자연스레 합격 이야기를 하게 되었다. 감출 수 없는 합격의 기쁨을 함께 나누었다.

잔잔히 내 이야기를 듣고 축하해 주던 친구는 아까부터 우리 주변을 뛰어다니는 남자아이를 붙잡으며 나에게 소개했다.

"내 아들이야. 벌써 4살이야. 난 결혼한 지도 좀 되었어."

한때는 거의 시간을 같이 보내던 친구가 너무 생소하고 낯설어 보였다. 하지만 친구는 꽤 편안해 보였다. 결혼조차 생각이 없던 나의 눈에는 친구의 이른 결혼이 안타깝기까지 했다. 내 표정을 읽은 친구는 밝은 표정으로 지금의 일상이 행복하단다.

살면서 가끔 그 친구의 편안함이 생각났다. '내가 반대의 상황이었다면 그렇게 당당할 수 있었을까?' 생각해 보곤 했다. 전업주부로 사는 나는 행복할 수 없다는 생각이 강했다. 이제야 전업주부에 대한 뿌리 깊은 고정관념을 버리고 친구의 편안함을 닮아 가고 있는 나를 본다.

공감은 우리에게 세상을 새로운 눈으로 보고 계속 앞으로 나아갈 수 있게 한다.

6

우정 안에서

-30대-

[마음이 우는 말]

"마음, 마음 이야기 좀 그만해."

전문가는 잘하는 사람을 의미한다. 혹자는 못하기 때문에 잘하기 위해 애쓰다 보니 전문가가 된다고도 한다. 물론 모든 경우에 적용되지는 않는다. 관계가 힘들어 잘해보려고 노력하다 보니 조금은 사람의 마음을 알게 된 대표적인 경우가 바로 나다.

'이런 행동을 할 때는 어떤 마음일까? 어떤 마음 상태이면 이런 말을 하게 될까?'

이런 종류의 고민과 그 답을 찾다 보니 사람들의 마음이 조금씩 보였다.

자기 보호 행동이 강한 경우는 열등감이 많고 자존감이 높은 사람은 남의 말에 휘둘리지 않음을 알게 되었다. 상대방의 마음이 보이게 되면서 그걸 당사자에게 알려주는 게 도리라고 생각했다.

오랜만에 만난 친구가 청소년인 딸의 반항으로 힘들다고 이야기했다. 친구의 말을 들어 보니 엄마로서 아이의 마음을 제대로 공감해 주지 못하는 게 보였다. 나는 아이의 마음에 대해 열심히 이야기했다. 내 말을 한참 듣던 친구는 갑자기 버럭 소리를 질렀다.

"마음, 마음, 제발 마음 이야기 좀 그만해라!"

이 일로 상대의 답답한 마음을 내가 먼저 공감할 줄 아는 배려가 우선임을 깨달았다. 그다음 상대가 도움을 요청하면 건방진 조언이 아니라 질문으로 스스로 깨닫게 하는 것이다. 내가 아무리 안타까운 마음이라도 함부로 조언하는 행동은 자제해야 함을 늘 생각하게 하는 계기가 되었다.

우리는 사람들에게 무엇을 억지로 하게 할 수 없다.

[마음이 웃는 말]

"6주 되었습니다."

결혼하고 5년 만에 첫아이를 가졌다. 신혼 초에는 별생각 없이 지냈다. 3년쯤 되니 신경이 쓰이기 시작했다. 같은 사무실 동기들은 아이 자라는 모습만으로도 세월이 허무하지 않을 듯했다. 세월만 가고 삶의 의미도 없다고 생각하곤 했다.

5년째 되던 해에 비장한 마음으로 새해를 시작하였다. 잘한다고 소문난 병원을 수소문해서 임신을 위한 노력을 시작했다.

'시험관 아기 시술을 하더라도 반드시 올해는 임신에 성공하리라.'

그때 회사에 새로운 시스템 전문가를 양성하는 2달 과정 교육이 생겼다. 나의 학구열은 새해 결심을 바로 배신했다. 서울에서 진행되는 교육이라 졸지에 주말부부가 되었다. 2달간 타지 생활 후 시도 때도 없이 잠이 왔다. 순간 나도 모르게 꾸벅거리게 될 만큼 깊은 잠이 찾아왔다. 피로가 누적되었나 싶어 병원을 가니 뜻밖에 임신이란다.

"6주 되었습니다. 여기 심장이 뛰고 있네요."

초음파에 반짝반짝 빛나는 곳을 손으로 가리키며 의사가 말한다. 그걸 보고 있으니 작지만 또렷한 심장 박동 소리가 나에게 반갑다는 인사를 하는 듯했다. 무어라 말로 표현할 수 없는 뭉클한 감동이었다.

세상에 부러울 게 없는 충만한 기쁨으로 내게로 온 딸은 지금도 마음속 깊은 이야기를 함께 나누는 영원한 친구이다. 내 딸이 되어줘서 고맙고, 사랑해!

연민으로 서로 주고받는 것에서 기쁨을 느끼는 것이 우리의 본성이다.

7

사회 안에서

-학교-

[마음이 우는 말]

"네가 어떻게 그럴 수 있니?"

학창 시절 새 학년이 되면 새로 바뀐 담임선생님이 너무 좋다고 할 일 없이 교무실을 들락거리는 아이들이 있었다. 나는 학창 시절 선생님이랑 친해 본 적이 없다. 원래 활발한 성격도 아닌 데다 굳이 선생님과 친하게 지내고 싶은 생각도 없었다. 좋아하는 선생님이 있는 아이들이 이해 안 되기도 했지만 다소 부럽기도 했다.

고3 때 담임선생님은 좀 달랐다. 난 그대로인데 자꾸 칭찬하신다. 꼭 나만의 일이 아닌 경우도 나를 칭찬하시고는 하셨다.

5월이 되면서 학교 앞에 지하철이 개통되었다. 학생들이 자율학습 시간에 몰래 나가서 지하철을 타고 놀러 가곤 했다. 갑자기 유행처럼 퍼져서 교실이 휑할 정도였다. 어느 날 문득 나도 해 보고 싶었다. 담임선생님이 잠시 떠올랐지만 다들 가는데 싶어 나도 갔다. 하필 점검이 있었다. 놀라운 건 담임선생님의 태도였다. 나만 따로 불러서 차갑게 한마디 하고 가신다.

"다른 애도 아니고 네가 어떻게 나한테 이럴 수 있니?"

마치 벌레 씹은 표정으로 나를 바라보시는 선생님과는 졸업할 때까지 대화 한번 나눠본 적 없었다. 수능시험을 치고 대학 면담할 때 종이만 바라보며 이야기하시던 모습이 떠오른다.

지금도 그분의 마음이 제대로 이해되지 않는다. 모범생으로 생각하시다 배신감을 느끼신 건지, 다른 아이들처럼 존경해주길 원하셨는지, 나한테 뭘 기대했는지 헤아려지지 않는다. 서로 다른 방향을 바라본 엇갈린 소통이었다 싶다. 다만 세상은 넓고 사람은 다양하다는 사실로 위로해 본다.

자신의 가치관에 맞지 않는 다른 사람의 행동을 나쁘다거나 틀렸다고 하는 것은 삶을 소외시키는 대화다.

[마음이 웃는 말]

“우리 친하게 지내!”

살면서 좋아하는 연예인이나 존경하고 싶은 선생님이 있었으면 좋겠다고 생각했다. 그런 존재가 있다는 것만으로 삶이 풍요롭게 느껴졌다. 그런 간절함으로 아무리 선택 기준을 낮추어도 도무지 존경하고픈 사람이 없었다.

평생 배우는 걸 좋아했던 나는 그때도 수련단체에 참가하고 있었다. 참가한 사람들은 그 단체를 이끌어 가는 분을 스승님이라 호칭하며 마치 연예인 대하듯 했다. 지나가다 만나면 어떻게든 대화를 나누고 싶어 했다. 수련을 온 건지 팬 미팅을 온 건지 도무지 분간이 안 되었다.

수련이 시작되어 스승님이 들어오셨다. 모세가 바다를 가르듯 사람들이 양쪽으로 물러나면서 가운데 길을 내주었다. 마치 영화제 레드 카펫을 걷는 연예인을 대하듯 환호성을 지르고 소란을 피웠다. 도저히 이런 분위기의 수련을 참을 수 없어 질문했다.

“다른 분들은 모두 존경의 마음을 표현하는데 그 태도가 너무 과한 듯 느껴집니다. 막상 저는 존경의 마음이 생기지도 않고 다른 분들 태도에 강한 거부감이 생기는 이유는 뭘까요?”

나의 못마땅함을 그대로 드러낸 도전적인 발언에 주변 사람들이 술렁거렸다.

잠시 동안 말없이 내 얼굴을 가만히 바라보셨다. 내 심장 뛰는 소리가 옆 사람에게 들릴까 봐 걱정하며 긴장했던 몇 초가 흘렀다. 이윽고 그분이 웃으며 말씀하셨다.

"우리 앞으로 친하게 지내! 예쁘게 봐 줘."

그 말에 맥이 탁 풀렸다.

'이게 아닌데….'

내가 뿜어내는 적대감을 느꼈을 텐데 너무 평온한 얼굴이었다. 타인의 공격에 저렇게 여유를 가질 수 있는 내면의 깊이를 인정할 수밖에 없었다.

세월이 흐른 이제야 가만히 나를 바라보던 그분의 마음이 다소나마 공감이 된다. 타인의 공격으로 화가 올라오려는 걸 느끼면 그분의 표정을 생각하며 평화로운 여유를 가지려 한다. 또한 존경이란 상대방을 높이는 것보다 나를 낮출 줄 아는 겸손이 더 필요함도 몸소 가르쳐 주셨다. 역시 스승님이셨다.

진정한 공감이란 자신의 존재 전체로 듣는 것이다.

하지원

긍정적인 마음과 존중, 성장을 바탕으로
행복한 삶을 함께 만들어가는 심리치료사
인스타: https://www.instagram.com/grumokdong

10

1

가정 안에서

-부모-

[마음이 우는 말]

"얘는 나랑 달라서 성격이 좀 있어요."

엄마는 항상 긍정적이시고, 사랑으로 모든 것을 감싸 주려고 하시는 선하신 분이다. 어릴 적에는 그냥 다른 엄마들과는 다른 엄청 좋은 엄마로만 생각했었다. 시험을 못 보거나 우산을 잃어버리거나 해도 야단을 맞지 않았다. 청소를 안 하거나 집에 늦게 들어가는 등 친구들은 이런저런 일로 엄마에게 잔소리를 듣는 상황에서도 나는 그런 일이 없었다. 그렇다고 해서 엄마가 무관심하거나 나를 방치하는 상황은 아니었고 오히려 잘 챙겨주셨다. 그래서 나도 크게 어긋나지 않았고, 사춘기 때도 엄마와 싸우거나 갈등을 겪지 않고 순한 아이로 자라왔다.

하지만 커서 심리 공부를 하면서 내 안의 다른 면들이 나타났고, 조금씩 내 목소리를 내면서 화를 내기도 하고 예민하게 굴기도 하였다. 엄마는 이런 나의 모습이 성격이 있고, 예민한 아이처럼 느껴지셨나 보다. 모든 것을 그냥 좋게 넘기려는 엄마와는 다른 모습이긴 하였을 것이다. 그래서 내가 엄마와는 다르게 큰 목소리를 낼 때면 나에게 "불같다"라고 말씀하셨다.

그 뒤로 나는 종종 '싫다'는 말을 하였다. 화를 내고 거절해야 할 상황에서 곤란해하시는 엄마를 대신해 내가 '그건 안 된다'고 말씀드리면, 엄마는 상대방에게 "얘는 나와 달라서 성격이 좀 있어요."라고 말씀하셨다. 목소리를 내기 시작한 것뿐인데 엄마 기준에서 나는 착한 아이에서 성격이 있는 아이로 자란 것이 되었다. 그저 좋은 것과 싫은 것, 나의 감정과 생각을 분명히 표현하는 것인데 말이다.

나는 엄마가 따뜻하시고 의사결정은 잘하시지만, 부정적 감정 표현에는 취약하신 분이란 것을 알게 되었다. 그리고 나 또한 자라면서 어떤 감정들을 꺼내면서 살아왔는지를 이해하게 되었다. 한편으로는 언제나 나의 모습을 편안하게 받아주셨기 때문에 너무 감사했지만 나의 부정적 감정 표현을 '성격이 있다'고 말씀하시는 것에 못내 아쉬운 마음이 들기도 하였다. 마치 내가 성격이 안 좋은 사람처럼 느껴져 처음에는 죄책감이 들었기 때문이다.

이제는 그런 내 모습이 나쁜 것이 아니라 솔직한 감정을 표현하는 것이라는 이야기를 엄마와 나누며 나의 감정에 좀 더 자유로워졌다. 나는 나의 감정이 잘 수용되기를 원했고, 조금씩 나의 마음속 부정 감정도 건강하게 이야기하면서 마음이 한결 가볍고 편안해졌다.

[마음이 웃는 말]

"그래. 한번 해 봐. 넌 잘될 거야."

엄마는 내가 하고 싶어 하는 일에 금지사항이 많지 않으셨다. 도둑질 말고 다 배우라며 많은 것을 경험해 보도록 권유하셨고, 내가 무언가를 한다고 할 때 함께 기뻐하며 즐거워하셨다.

"그래. 한번 해 봐."라고 말씀하시며, 결과가 아니라 새로운 시도 자체를 기뻐해 주시고 지지해 주셨다. 그런 엄마의 반응은 내게 커다란 안정감과 활력을 주었다. 설령 좋은 결과가 아니어도 괜찮았다. 적어도 야단맞거나 비난받지는 않을 테니, 엄마가 주시는 안정감 안에서 나는 다양한 시도를 해 볼 수 있었다. 그리고 그 시도가 성공했을 때 함께 기뻐해 주시고, 실패했을 때 함께 안타까워해 주셨던 엄마의 반응이 나를 점점 더 움직이게 만들었다. 그래서인지 나이 들수록 해 보고 싶은 것이 많아졌고, 중년이 된 지금까지도 나는 하고 싶은 게 참 많다.

하지만 때로는 새로운 시도 앞에서 불안하고 긴장되는 마음이 들기도 하였고, 원하는 대로 안 될 때도 많았다. 특히 20대에는 진로를 고민하면서 일하다 공부하다를 반복하였고, 새로운 시도와 좌절을 왔다 갔다 했다. 하지만 엄마는 언제나 나의 편에 서서 "그래. 한번 해 봐. 너는 태어날 때부터 복이 있는 아이고, 잘될 거야."라고 말씀해 주셨다. 이런 믿음과 긍정적인 메시지가 또 새롭게 도전하고, 포기하지 않고 나의 길을 걸어갈 수 있는 힘을 주었던 거 같다.

나는 엄마의 모습이 나의 든든한 뿌리처럼 느껴지기 때문에 나 또한 아이들을 믿고 긍정적인 메시지를 전해주려고 노력한다. 그러한 힘이 앞으로 아이들이 살아갈 힘이 된다는 것을 알고 있기 때문이다. 그리고 언제나 나의 편, 나를 지지해 주는 엄마에게 정말 감사함을 느낀다.

2

가정 안에서

-부부-

[마음이 우는 말]

"효율적으로 좀 해 봐."

결혼을 한 뒤 직장 일과 육아, 가사로 바쁜 일상이 이어졌다. 그러다 보니 큰일이 벌어지지 않아도 생활 자체만으로 정신없이 돌아가고, 개인적인 여유가 많이 없어서 허덕일 때가 종종 생겼다. 그럴 때마다 내 삶의 중요한 가치를 떠올려보았다. 나는 육아와 일을 가사보다 우선시했기에 가사에 좀 소홀하거나 엉망일 때가 많았다. 에너지 총량은 한정되어 있고, 출산 후에는 체력이 급격히 더 떨어져서, 가사와 휴식이 필요한 순간이 겹치면 거의 휴식을 선택하는 편이었다.

이런 내게 남편은 가사와 육아를 도와주려 애쓰는 지원군이다. 남편은 가사와 육아를 꼼꼼히 잘하였으며, 주위에서도 잘 도와주는 좋은 남편이라고들 말한다. 하지만 남편이 아무리 많이 도와준다고 해도 그 시간과 양이 부족하고 여러 상황에서 엄마 역할이나 가사 분담은 너무도 제한적인 부분이 있기 마련이었다. 그래서 나는 또다시 혼자 바쁘게 왔다 갔다 하는 생활을 반복하였다.

그런 내가 뭔가 부족해 보이고, 요령이 없어 보였는지 남편은 "효율적으로 좀 해 봐."라고 말하였다. 남편은 빠르게 일을 처리하고, 일을 많이 벌이지 않는 성향이기 때문에, 아마도 늘 정신없이 바쁘게 움직이는 나의 모습이 이해되지 않았고 다른 방법을 찾아볼 수 있다고 생각했던 거 같다. 하지만 나는 효율적으로 하라는 말이 '지금 잘 못하는 거 같아.', '좀 더 잘해 봐.'라는 말처럼 들려서 못내 화가 나고, 서운하기도 하였다.

나는 '남편이 나의 상황을 좀 더 고려한다면 다르게 말해줄 수 있지 않았을까.'라는 생각을 하였다. 나는 남편의 핀잔이 아닌 "잘하고 있어.", "힘들지? 지금도 괜찮아."라고 지지해 주는 말과 진심 어린 이해를 원하고 있었다.

[마음이 웃는 말]

"천천히 해도 돼. 행복하게 살자."

나와 남편은 성격과 행동이 참 다르다. 남편은 천천히 계획하고 행동에 여유가 있으며, 마음이 따뜻한 사람이다. 때론 그냥 "알았어. 알았어." 하면서 넘겨버려서 내 마음을 잘 모르고 지나칠 때도 있다고 느끼기도 하지만, 전반적으로 재촉하지 않고 여유 있게 웃어주는 모습이 남편의 장점이다.

남편과는 반대로 나는 늘 조급하게 움직이다가 외출을 할 때, 한 번에 나가지 못하고 잊은 물건을 챙기러 다시 집으로 돌아오고는 한다. 남편과 함께 외출하던 그날도 급히 차에 탄 뒤에 뒤늦게 남편에게 말했다.

"뭘 놔두고 왔는데…. 그냥 갈까?"

"갔다 와. 빨리 가봐야, 5분, 10분 차이야. 천천히 해도 돼."

남편은 여유로운 말로 조급해하고 미안해하는 아내의 마음을 달래주었다. 그리고 내가 급한 마음에 여유 없이 짜증을 내려고 할 때나 아이들이 장난을 칠 때 웃음으로 받아주면서 분위기를 편안하게 바꾸어주고는 한다. "행복하게 살자."라고 말하면서 말이다.

이렇게 "천천히 해도 돼. 행복하게 살자."라는 남편의 언어와 행동에는 여유와 따뜻함의 메시지가 담겨있다. 그 모습이 참으로 고맙게 느껴진다. 잘 웃어주면서 급한 상황을 여유 있게 바꾸어주는 남편의 모습에 마음이 참 편안하게 느껴진다. 그런 남편의 모습을 보면서 나도 상대에게 편안함과 따뜻함을 주어야겠다고 생각해본다.

3

가정 안에서

-자녀-

[마음이 우는 말]

"심리치료사이면서 내 마음도 몰라."

마음을 본다는 건 마음을 깊이 느끼고, 이해하는 과정일 것이다. 나는 아이의 마음을 잘 들여다봐 주고 싶고 이해해 주고 싶지만, 때로는 나의 마음이 다르게 움직일 때도 있다. 그럴 때면 아이가 한마디를 내뱉는다.

"심리치료사이면서 내 마음도 몰라."

그 말 속에는 마음을 몰라주는 속상함, 서운함이 묻어 있고,

때로는 엄마의 직업이 심리치료사인데 그것도 모르냐는 질책이 들어 있는 듯하였다.

"엄마가 네 마음을 몰라줬어? 미안해."라고 말하며 아이의 감정을 더 이해하고 안아주려고 노력하지만 때로는 엄마의 마음을 몰라주는 아이에게 이야기한다.

"엄마가 심리치료사라고 네 마음을 다 알아줄 수 있는 건 아니야."

나름대로 아이와 마음으로 주고받고 소통하면서 서로를 이해한다고 생각했다. 하지만 잘 안 될 때도 있다는 것을 알고 있었는데 아이가 먼저 '심리치료사라서 더 많은 것들을 이해해 줘야 한다'고 말하며 엄마의 마음을 찌르는 것 같아 서운함이 느껴졌다.

엄마로서 아이와 잘 지내고 싶고, 아이를 이해하고 마음을 받아주고 싶은 마음이 컸다. 하지만 엄마의 감정도 소중하게 다루어지길 원하고 가족들에게 직업적으로 평가받고 싶지 않은 마음이다.

[마음이 웃는 말]

"엄마는 참 따뜻해."

나는 결혼을 늦게 해서 아이들을 늦게 낳았다. 출산과 아이 양육 기간을 여유 있게 보내며 즐겼고, 그 시절 아이들의 모습과 나의 양육자로서의 행동들이 지금도 생생하게 느껴지고는 한다. 종종 아이들이 나를 힘들게 하고, 미운 행동을 보여도 가만히 보면서 예쁘다는 생각을 하게 된다. '아기 때가 엊그제 같은데, 많이 컸구나.'라고 말이다. 이제 청소년이 된 아이들은 자기들이 제법 많이 큰 것처럼 행동하지만, 여전히 엄마의 돌봄이 필요한 일들이 많았다. 하지만 그 속에서도 자기의 삶을 열심히 살아가는 모습이 느껴져 예쁘고 고마운 마음이 들었다.

아이들은 학교가 끝나면 각각이 학교에서 친구들과 지낸 이야기를 해 주면서 참새처럼 조잘대고는 한다. 키는 나보다 커졌지만, 여전히 내 품에서 안정감을 찾아가는 모습이 느껴졌다. 나 또한 "○○는 배 속부터 사랑스러웠어.", "엄마는 ○○가 참 좋아."라고 말해주니, 아이들은 전화를 끊을 때 '사랑해'라고 말을 해주며 서로의 감정을 주고받았다.

그렇게 사춘기가 된 아이들을 여전히 안아주고 칭찬해 주고 사랑을 표현해 주면서 든든한 울타리가 되어주려고 노력하였다. 그랬더니 아이가 한 번은 내 옆에 누워서 “엄마는 참 따뜻해.”라고 말해주었다. 그 말에, 알을 품듯 온기를 전해주고 싶었던 나의 마음이 아이들에게 전달된 것 같아 나의 마음도 따뜻해졌다.

아이들을 양육하면서 거창한 모습은 아니지만 엄마의 따뜻한 사랑을 아이에게 전해주고 싶었다. 때로 아이들에게 힘든 일이 찾아와도 엄마 품에서 느꼈던 따뜻한 온기로 잘 이겨내며 성장하길 바란다. 아이가 그 마음을 알아주고, 다시 엄마에게 따뜻한 말을 전해 주니 참 좋았다. 앞으로도 나는 아이들이 건강하고 행복하게 자라주기를 바라며 아이들과 사랑을 주고받기를 원한다.

4

우정 안에서

-10대-

[마음이 우는 말]

"귀여워."

초등시절 나는 키가 그리 작지 않았다. 하지만 일찍 큰 탓에 점점 앞에 앉게 되었고, 고등학교 때는 작은 아이가 되어 있었다. 그 이후 나는 "귀엽다."라는 말을 종종 들었다. 평소에 그리 성숙한 행동을 했던 것은 아니었지만 애교가 있거나 까불거리는 등 귀여운 행동을 하지도 않았는데 키와 함께 나의 이미지도 귀여운 아이가 되었나 보다.

하루는 굉장히 활발한 친구가 옆에서 "귀여워."라며 깔깔깔 웃었다. 내가 딱히 귀엽게 행동한 일도 없었는데 말이다. 그러고는 그 뒤로도 나만 보면 귀엽다고 말하면서 웃었다. 지금 생각해 보니, 내가 조카를 보면서 반사적으로 웃으며 귀엽다고 했던 것처럼 그 친구도 나 자체를 귀엽다고 느꼈던 것 같다. 이렇게 나는 어느 날부턴가 "귀엽다."라는 말을 들어서 좀 낯설었다. 나이가 들면서 귀엽다는 말은 동안이라는 말처럼 들려서 좋기도 했지만, 고등학교 때 귀엽다는 말은 내게 키가 작다는 말처럼 느껴졌었다.

이렇게 말의 의미는 받아들이는 사람과 상황에 따라 다르게 느껴진다. 실제로 가정에서 부드러운 성격을 드러내는 첫째 아이는 친구들이 귀엽다고 말하는 것을 싫어하지 않지만, 강한 모습을 드러내는 둘째 아이는 친구들에게 귀엽다는 말을 듣는 것이 싫다고 하였다. 나 또한 중고등학교 시절에 들었던 '귀엽다'는 말은 왠지 작고 힘이 없는 아이가 된 것처럼 느껴져 좋지 않았던 거 같다. 아마도 그때 나는 좀 더 힘이 있는 모습을 원했었나 보다.

[마음이 웃는 말]

"나의 소중한 친구에게"

나는 10대에 나름대로 공부나 진로 등으로 고민도 하였지만 대체로 친구 관계에서는 참 편안하게 지냈다. 많은 친구들과 어울리며 시끄럽게 지내지는 않았지만, 두루두루 어울렸고 무엇보다도 늘 단짝 친구가 있었다. 특히 중학교 2학년 때 친구는 결혼과 출산도 비슷한 시기에 해서 지금까지도 연락을 주고받으며 지내고 있다. 그 친구와의 학창 시절을 생각하면 그 시절의 장면들이 떠올라 미소를 짓게 된다.

친구와 나는 등·하굣길에 놀이터에 앉아 한참을 이야기하고도 집에 와서 전화로 긴 수다를 떨었고, 그것도 모자라서 많은 쪽지와 편지를 주고받았다. 우리는 서로의 가족들에 대해서 이야기하고, 현재와 미래의 고민들에 대해 끊임없이 소통하였다. 그리고 좋은 글귀도 적어주고, 좋은 글들을 모아 책을 만들어 주기도 하였다.

이렇게 많은 것을 주고받았던 친구의 편지 앞에는 늘 "나의 소중한 친구에게", "사랑하는 친구에게", "파이팅!"과 같은 응원과 지지의 메시지가 담겨 있었다. 10대에는 친구 관계가 무엇보다 중요했기 때문에 이러한 친구의 응원과 지지의 편지들은 힘겨운 터널 같았던 사춘기 시절에 힘이 되어 주었다.

지금 나의 딸들도 매일매일 친구 이야기를 하며 친구들 속에서 행복을 느끼고는 한다. 그 이야기 속에서 딸들이 받고 있을 지지와 에너지가 느껴져 흐뭇한 마음이 들었다. 이렇게 서로의 삶을 나누고, 응원해 줄 수 있는 친구가 있다는 것은 10대의 온기로 느껴져서 마음을 편안하게 해 준다.

5

우정 안에서

-20대-

[마음이 우는 말]

"미안, 남자 친구 만나기로 했어."

나의 20대 초반은 삶에서 가장 힘든 시간이었다. 아빠가 돌아가시면서 삶의 많은 부분이 변했다. 나는 진로를 찾기 위해 방황하는 시간을 보냈다. 나에게는 추운 겨울이 떠오르는 시간이지만, 당시 주변 친구들은 대학생이 되어 한창 놀러 다니고, 남자 친구를 만나면서 즐겁게 지내고 있었다.

그렇게 나와 친구들과의 상황이 달라서 더욱 서운함이 밀려

들었을까? 친했던 친구는 남자 친구와의 만남을 더 중요하게 생각했었고, 나와 먼저 약속을 하고도 "미안, 남자 친구랑 만나기로 했어."라며 종종 약속을 취소하기도 하였다. 이러한 일들이 반복되자, 친구가 나를 우선순위에서 조금씩 밀어내고 있다는 생각에 서운한 마음이 들었다.

남자 친구와 한창 연애 중이었던 친구와는 만나게 되어도 우리는 각자 다른 곳을 바라보고 있었다. 나는 방황하며 진로를 고민하고 있었고 아빠가 돌아가신 슬픈 마음에 위로가 필요했었고, 친구는 대학 생활을 즐기며 신나게 연애하는 상황이었다. 서로 입장이 달랐고, 서로의 욕구와 감정도 달랐기에 만나도 마음이 연결되는 느낌이 들지 않았다.

이렇게 서로 다른 상황에서 어긋났던 모습들이 지금은 당연했다고 생각하지만, 당시에는 친구가 나를 외면하는 것 같고 혼자 버려진 기분이 들기도 하였다. 또 잘나가는 친구와는 다르게 나아갈 방향을 찾지 못하는 나의 모습이 작고 초라하게 느껴졌었다. 그러면서도 나는 그러한 서운함과 스스로에 대한 열등감에 머무르기보다는 내 삶을 독립적으로 열심히 살아가기를 원하였다.

이제 방황과 실패의 시간도 우리 인생에서 필요한 순간이라고 생각하게 되었다. 혼자 외로움과 서운함을 느끼며 홀로 나의 길을 찾아다녔던 그때의 시간은 결국 나를 더 단단하게 만드는 밑거름이 되었다.

이제는 관계 속에서 상대에게 서운함을 느끼기보다는 그 속에서 나 스스로를 돌아보면서 더욱 편안함을 느낀다.

[마음이 웃는 말]

"끊어질 듯 끊어질 듯 끊어지지 않는 에너자이저 같아."

20대 중반이 지나고 나는 내 삶을 변화시키게 되었다. 대학 졸업과 취업, 또다시 학교와 취업을 반복하였고, 틈틈이 취미생활과 여행을 하며 새로운 도전과 즐거움을 만들어가고 있었다.

독립된 길을 찾기 위해 20대 중반이 지나서 일을 하다가 그만두고 또다시 대학원에 들어갔다. 대부분의 학생들은 학교가 끝나면 집으로 돌아갔지만 나는 아르바이트와 학회 일을 하면서 교수님 방에 늘 출근했기 때문에 수업이 끝나도 일이 많고 바빴다. 때로는 휴일에도 학회 일을 하느라 피곤하고 지친 날이 참 많았는데 하루는 함께 일했던 후배가 웃으며 내게 이런 말을 하였다.

"언니는 끊어질 듯 끊어질 듯 끊어지지 않는 에너자이저 같아."

힘들어 보이면서도 다시 힘을 내서 풀가동 되는 나의 에너지가 느껴졌었나 보다.

'내 안에 에너자이저가 있다고?'

정말 힘들고 바쁠 때면 지금도 마음에 남아 있는 그 말을 떠올리며 내 안의 에너지를 느껴보게 된다. 에너자이저라는 말이 다시 내게 에너지를 재충전해 주는 것 같았고, 에너지 충전 버튼이 내 안에 있다는 생각이 드니 힘이 났다.

20대를 되돌아보면서 참 열심히 살아왔고 열심히 살고 있다는 생각에 스스로를 칭찬해 줘야겠다는 생각이 들었다. 앞으로도 힘들 때면 자체 충전되는 내 안의 에너지를 꺼내어 스스로에게 파이팅을 다짐해야겠다.

6

우정 안에서

-30대-

[마음이 우는 말]

"뭐가 잘났다고…."

나는 조금은 늦게, 30대 중반에 결혼을 하였다. 이미 친구들은 결혼하고 아기를 낳을 무렵이었는데 나는 여전히 공부를 하고 일을 하고 여행을 다니면서 결혼한 친구들과는 조금 다른 삶을 살아가고 있었다. 그런 모습이 몇몇 친구들 눈에는 부럽기도 하고 걱정도 되었나 보다.

"너는 (결혼을) 아쉬워하지 않는 거 같아."

"결혼할 마음이 없는 거 같아."

혼자 지내는 나의 모습에 친구들은 이러쿵저러쿵 말들을 하였다.

단순히 결혼할 나이가 되었다고 결혼을 해야 한다는 생각을 하지는 않았다. 그래서 그 당시 배우고 싶은 게 있으면 배우고, 내가 하고 싶은 공부도 하면서 지냈었다. 또 마음이 맞는 결혼 안 한 친구가 있어서 함께 심야 영화나 뮤지컬도 보고, 해외여행도 다니면서 참 잘도 지냈던 거 같다. 30대 전후는 즐길 수 있는 것들이 많았고 흥미로운 시기이기도 하였다. 게다가 엄마도 내 결혼을 재촉하지 않으셨기 때문에 솔로 생활을 열심히 살아가고 있었다. 하지만 그러한 모습들이 친구들에게는 결혼할 생각이 없는 것처럼 보였고, 나름대로 걱정하는 마음에 그런 말들을 했던 거 같다.

한 번은 친구가 "네가 뭐가 잘났다고 아쉬워하지 않냐?"라며 나의 행동들을 지적하고 일침을 놓았다. 그 말이 조금은 공격처럼 느껴졌고 참 억울한 마음이 들었다. '남들과 같은 삶을 살지 않는 것이 문제가 되는 상황인가? 결혼을 안 하고 30대의 삶을 신나게 즐기고 있는 것이 잘못된 건가?'라는 생각이 들었다. 나이가 되었으니 결혼을 해야 한다는 친구의 말에 동의할 수 없었다.

이렇게 우리는 본인의 관점으로 상대의 잘못을 지적하는 경우가 있다. 사람마다 충분히 다를 수 있는 상황을 같은 상황으로 보편화하여 판단하게 되는 모습인 것 같다. 하지만 보편화된 모습과는 달랐던 나의 삶을 존중받고 싶었고, 내 삶이 그들의 생각과 다르다고 걱정이라는 이름 아래, 비난받고 싶지 않았다.

[마음이 웃는 말]

"넌 즐겁게 사는 거 같아."

"내 미래는 축복이다.", "내 인생을 즐기자."

내가 좋아하는 문장들이다. 나는 정말 내 미래가 축복이라고 생각하며, 현재의 순간순간을 즐기려고 하는 편이다. 그래서 30대 중반에 뒤늦은 결혼과 임신을 해서도 그 시간을 정말 즐겁게 보냈다. 평소에 짬을 내서 운동을 하였고 그래서인지 늦은 나이에 임신을 하였지만 몸이 가벼웠다. 임산부가 할 수 있는 다양한 놀이를 하면서 그 시간을 즐겼다.

태어날 아기의 옷이나 인형 만들기, 임산부 요가나 아쿠아로빅, 임산부 클래식, 아침에 청과물 시장에 가서 신선한 과일 사먹기 등 하루하루를 보내며 나름대로 만족감을 느꼈다. 출산 후에도 아기와 함께 즐길 수 있는 놀이를 찾아 즐겁게 지냈다. 이렇게 현재 상황에서 즐길 수 있는 것들을 찾아가는 것은 내가 스스로 추구하는 삶의 모습 중 하나였다.

이러한 모습을 보면서 주변에서는 "넌 즐겁게 사는 거 같아." 라고 말해주었다. 그 말을 들으면 상대방이 내가 추구하는 삶의 모습을 알아보는 듯해 반가운 마음이 들었다. 이렇게 나는 내 인생의 주인공으로 현재에서 즐거움을 찾아가며 지내기를 원하고 있었다.

7

사회 안에서

-이웃-

[마음이 우는 말]

"뒤에서 욕하는 거 아니에요?"

아이가 자라면서 친구를 만들게 되었고, 그 친구들의 엄마와 나는 또 다른 관계를 맺게 되었다. 감사하게도 아이 친구 엄마들은 대부분 좋은 사람들이었고, 아이와 더불어 엄마들도 잘 지냈다.

아이가 초등학교에 가면서 같은 반에서 더 많은 엄마들을 만나게 되었고, 그중에는 당연히 마음이 맞는 사람도 있었고, 조금은 다른 성향의 사람들도 있었다. 하지만 유독 한 엄마가 많은 일을 대표로 해주면서도 말투나 행동이 거칠어서 사람들을 불편하게 하는 일이 있었다.

나는 그 엄마가 진심과는 다르게 사람들을 멀어지게 해서 안타까운 마음이 들었다. 그러나 나도 어른인데 대놓고 편을 가를 수도 없고 해서 그 엄마에게 친근하게 다가가려고 노력했다. 일부러 말을 걸면서 그녀가 적극적으로 노력하는 부분에 대해 고마움을 표시해 주었다. 그러자 그녀는 좋은 듯하면서도 그것을 그대로 받아들이지 않고, 퉁명스럽게 대답했다.

"이렇게 말하고 뒤에 가서 욕하는 거 아니에요?!"

쏘아대듯 툭 내뱉는 그 엄마의 거친 말투에 순간 멈칫했지만 나는 아니라고 말하면서 웃어주었다. 상대의 말을 곱게 듣지 않아 관계를 망가뜨리는 그 엄마의 모습을 이해해 주고 싶어서였다. 그러면서 "○○엄마는 어떤 사람이 좋아요?"라고 물어보니, "나는 사람이 싫어요."라고 대답하였다. 그 말을 듣는 순간 더 이상 뭐라고 할 말이 없었다.

'그냥 사람이 싫었구나.' 그렇다면 그녀에게는 어떤 말이 중요하지는 않았겠다 싶었다. 그녀의 사연은 알 수 없었지만 좋은 관계를 맺기 전에 그냥 '싫어'라는 마음부터 시작되는 인간관계가 그녀 또한 참 힘들 것 같아 안타까웠다.

나는 사람들과 따뜻한 관계를 맺으며 지내고 싶었지만 때로는 그렇지 못할 수도 있다는 것을 알고 있다. 그런 모습을 보면서 관계의 중요성을 다시 한번 느낄 수 있었다. 부모 자녀 관계가 편안할 때 세상과의 소통도 좀 더 친근하게 느낄 수 있다. 때문에 주변 사람들이 아이들과 단단하고 따뜻한 관계를 맺을 수 있기를 바라는 마음이다.

[마음이 웃는 말]

"○○는 언제든 콜이지요."

나의 일은 시간이 자유로운 편이다. 하지만 전업주부는 아니었기에 전업주부처럼 집에서 아이들을 돌보는 부분에 어려움도 많이 있었다. 특히 유치원, 초등 저학년 시절에는 아이들이 어려서 엄마가 함께 가줘야 하는 아이 친구들 모임이나 체험이 있었는데, 엄마가 함께하지 못해서 아이가 엄마의 부재를 느낄까 봐 아쉽고 속상할 때도 있었다.

때로는 일 때문에 갈 수 없는 상황이라 그냥 "안 갈게요."라고 말하곤 했는데, 그때마다 고맙게도 "○○는 제가 데려갈게요.", "우리 집에 맡기세요."라고 말해주는 아이 친구 엄마가 있었다. 본인도 힘들 텐데 진심으로 아이들을 봐주려고 하니 참으로 고마웠다. 나도 도움을 주고 싶었지만 아무래도 일을 하니, 내게 시간을 맞추어서 움직이는 경우가 많았다.

이렇게 큰아이는 큰아이대로, 둘째는 둘째대로 친하게 지냈던 이웃들이 내가 일할 때면 우리 아이들을 잘 챙겨주었고 내가 쉬는 날이면 함께 어울리다가 아빠들까지도 함께 어울릴 정도로 친하게 지내게 되었다. 그 뒤로 내가 부탁을 하거나 아이를 함께 챙겨준 것에 대해 고마움을 표현할 때면 "○○는 언제든 콜이지요."라고 말해주어서 진심으로 고마웠다.

이렇게 이웃들과 돈으로도 살 수 없는 값진 인연을 만들고, 따뜻한 정을 주고받으며 살아갈 수 있다는 것에 감사한 마음이 들었다.

고슴도치가 꽃이 되다

우리는 매일 말을 하며 살아간다. 말도 아름다운 꽃처럼 색깔이 있다. 흰 도화지에 어떤 색깔의 그림을 그릴지 선택하는 것처럼, 우리의 일상 언어를 어떤 말로 채워나갈지 각자가 결정한다. 고슴도치의 가시처럼 따가운 말들이 이 책을 통해 아름다운 꽃처럼 예쁜 색깔의 말들로 바뀌어 세상을 가득 채우길 바란다. 나의 첫 글쓰기는 가시에 찔려 상처 난 마음을 예쁜 모양으로 다듬는 여정이었다. 아름다운 여정을 함께해 준 꽃연지 님께 감사를 전합니다.

김경진

비폭력대화를 통해 내 삶 속에 있었던 말들을 돌아보니, 시간이 지났어도 그 말들이 마음을 슬프게도, 웃게도 한다. 이 말들을 글로 옮기면서, 마음에 있던 가시들이 꽃이 되어 타인에게 향기로 다가가는 사람이 되길 빌어본다. 글을 쓴 시간들은, 타인에게 어떤 말을 건네는 사람이 되어야 할지 배우며 어른이 되어가는 성장의 시간이 되었다.

김희경

배려의 말도 상대에게는 총알이 될 수 있었다. 총알 같은 말들은 내 마음속 깊이 박혔고 모른 척 덮어뒀던 상처는 덧나서 곪았다. 어긋나기만 하던 생활 속에서 나는 '그저 예쁘게 행복하게 살고 싶다'는 작은 소망을 품었다. 그 소망이 '비폭력대화' 꽃님들과의 연을 이어 준 듯하다. 나를 지키되 상대의 마음을 돌보는 존중의 대화를 배웠다. 오늘도 나는 성장할 것이다. 뾰족한 돌이 둥글둥글한 조약돌이 되어 햇빛에 반짝반짝 빛나게 되는 그날까지. 예쁘게 살아가려면 예쁜 말은 필수다.

리아

비폭력대화를 알아가는 것은 깨달음의 과정이었다. 말로써 누군가를 규정지어 왔음을, 언어에 내 것인 화·욕구·좌절감 등을 꾹꾹 뭉쳐 상대에게 내던져 왔음을 쓰리게 깨달았다. 상대에게 주는 말을 바꾸자 삶에 변화가 오기 시작했다. 멀어졌던 관계는 가까워졌고, 미워하던 사람을 이해하게 되었으며, 나는 조금씩 더 행복해졌다. 언어에 향기를 품으려 노력하니, 혀 아래 가시를 숨긴 고슴도치에서 천천히 꽃을 닮은 사람이 되어가고 있다.

오연지

마음 안에는 아름답게 피어나는 말과 마음들이 있고 유난히 아프고 예민하게 반응되는 말과 마음들이 있다. 비폭력대화를 배우며 꽃처럼 아름다운 마음과 고슴도치처럼 뾰족뾰족한 마음 안에 정말 내가 원하는 것들이 무언지 되돌아보게 되고 잘 표현하는 법도 배우게 되었다. 함께 배우고 비폭력 글쓰기를 하며 그 배움에 더욱 깨어있을 수 있었다. 덕분이다.

이루미

생채기가 난 마음에 오랫동안 머문 말들을 꺼내놓았다. 속상하게 한 말은 쉽게 소환되었다. 숨죽이며 깊숙하게 자리하고 있던 말들은 아픔이었지만, 삶 속에서 디딤돌이 되었다. 글을 쓰는 동안 '마음이 웃는 말'을 생각보다 많이 들었다는 것도 깨달았다. 마음이 청아해졌다.

이미영

비폭력대화 글쓰기를 하면서 나의 말과 상대의 말에 대해 깊은 고찰을 해야 했다. 그 과정을 통해 말을 다시 배우는 아이가 되어야겠다고 생각했다. 관계를 이루는 기본이 말이라는 생각을 하면서도, 여전히 올바른 말에 대한 실천이 어렵다. 쉽지 않겠지만 나와 상대방의 마음을 헤아리는, 진심이 담긴 다정한 말을 건네는 사람이 되고 싶다.

이윤정

비폭력대화 독서 토론을 통해서 처음으로 말에 대해 자세히 들여다보기, 돌아보기, 배우기, 실천하기를 시작했다. 처음에는 책을 읽고 나누었다면 이번에는 글쓰기를 통해서 우리가 쓰는 말이 얼마나 큰 힘을 주는지 다시 한번 느끼고 배우고 실천할 수 있었다. 사람에게는 사람임을 느끼게 하는 향기가 있다. 서툴지만 꾸준한 배움을 통해서 말에 향기를 내는 영향력 있는 사람이 되고 싶다.

이해진

나는 열등감 많은 고슴도치였다. 사람들이 나에게 상처 주지 않을까 늘 상대의 말 한마디에 긴장하며 날을 세웠다. 그러다 누군가의 말에 가슴이 아프면 바로 비수를 날려 공격했다. 자기 사랑이 생기고 보니 내가 주는 상처가 보였다. 상대의 아픔을 이해하게 되고 상대의 말에도 덜 민감해지게 되었다.
비폭력대화를 함께하면서 상처 주지 않는 말에도 관심을 가지게 되었다. 내가 받는 상처를 넘어서 상대에게 상처를 주지 않는 차원으로 넓어진 것이다. 상처받지 않으려고 웅크리고 있는 고슴도치였던 내가 상대의 상처까지 배려하는 꽃이 되었다. 이제 겨우 꽃봉오리 정도지만 머지않아 꽃피울 날을 기대해 본다. 더욱 많은 사람이 꽃을 피워서 비폭력대화 꽃들이 가득한 세상이 되기를 꿈꾸어 본다.

최주원

비폭력대화 글쓰기를 하면서 그동안 내가 살아왔던 삶과 그 속에서 함께했던 말들을 다시 되돌아보게 되었다. 그리고 함께해 주었던 소중했던 사람들에게 감사하는 마음을 느껴보는 시간이었다. 또한 서로 주고받았던 말의 의미와 소중함을 느끼며, 앞으로 존중과 진심으로 소통할 수 있기를 바라는 마음이 들었다.

하지원